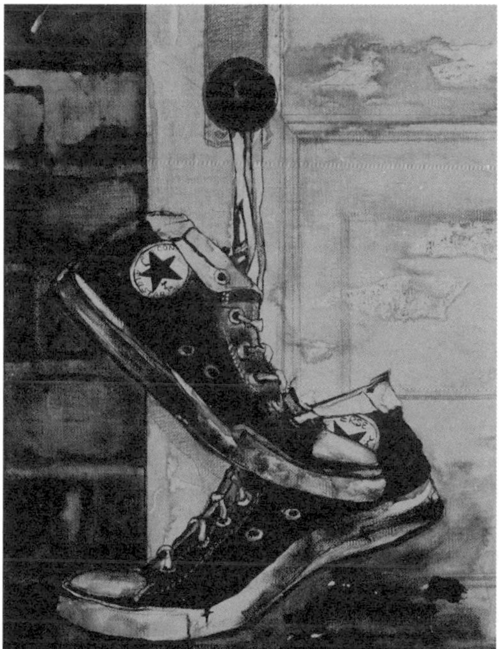

鹿唇

Margaret

丁中治　Morrie

江苏凤凰文艺出版社
JIANGSU PHOENIX LITERATURE AND ART PUBLISHING LTD

图书在版编目（CIP）数据

鹿唇 / 丁中治著 . — 南京：江苏凤凰文艺出版社，2016

ISBN 978-7-5399-9669-1

Ⅰ. ①鹿… Ⅱ. ①丁… Ⅲ. ①长篇小说－中国－当代 Ⅳ. ① I247.5

中国版本图书馆 CIP 数据核字（2016）第 226755 号

书　　名	鹿　唇
著　　者	丁中治
责任编辑	黄孝阳　汪　旭
出版发行	江苏凤凰文艺出版社
出版社地址	南京市中央路 165 号，邮编：210009
出版社网址	http://www.jswenyi.com
经　　销	凤凰出版传媒股份有限公司
印　　刷	三河市华东印刷有限公司
开　　本	787 × 1092 毫米　1/32
印　　张	4.625
字　　数	70 千字
版　　次	2016 年 10 月第 1 版　　2020 年 4 月第 2 次印刷
标准书号	ISBN 978-7-5399-9669-1
定　　价	34.00 元

目录

序

看中国新少年如何文学

何平

因为在大学从事中国当代文学研究的缘故，我的工作现场会从具体的作家和文本延伸到国民阅读、文学教育和作家的成长机制等等文学生态。丁中冶，出生于新世纪前夕，按照中国当代文学传统代际的划分，属于“〇〇前后”的一代人。在我们的日常经验中，这一代的文学环境因为网络等新媒介，催生了一个所谓的“新传媒时代”的来临。在这个新传媒时代，传统的纯正而精致的文学趣味，遭遇了空前的挑战。放在世界文学格局中看，中国当下文学正生产着令人惊诧的网络文学和他的庞大的读者群体。进而我们想象，丁中治和他的同龄人都是在“快餐”和速朽的读屏的文学阅读中，获得各自粗鄙的文学教养的。

但事实上情况又是怎么样呢？读丁中治的长篇小说《鹿唇》，我们会发现他的写作和我们以为的他们的日常阅读大异其趣。丁中治不是在“消费”意义上展开自己的文学写作，我们能够从他的写作找到他个人文学阅读史的线索，比如东西方文学的抒情传统。阅读和写作之于丁中治，恰恰是他作为中国一代新少年对于世界的思考和想象，自然也包括他文学阅读的自由和开放。可以肯定的是，他的个人文学阅读，已经反叛出他的教科书和我们时代的日常消遣读物。而且，他对文学的理解，他的文学趣味，和一般为我们所观察到的所谓年轻的“纯文学”也不尽相同。在当下的中国文学界，作为文学代际传递意义上的年轻写作者，许多人沿袭着的仍是已经成为文学惯例的所谓“文学传统”。他们不断复制着前辈作家的写作程式，成为一个未老先衰的、年轻却是腐朽的文学遗民的后裔。而丁中治不同，虽然现在还不能预言一个他的文学未来。但我们能够感觉到中国新少年“文学”的新气息，他是积极的，进取的。说到这里，其实我们应该反思我们的文学生产机制——为什么我们的“新少年”只是生产着“旧文学”？是他们本来只能这样去“文学”，还是我们的文学制度本身就出了问题？我们只要看看我们的文学期刊，在鼓励和推举着怎样的年轻作者和他们的写作，就会意识到，一定程度上可能是拥有着文学话语权的“前辈们”，在按照自己的文学趣味，规训着新少年的文学未来。而因何新少年愿意接受“前辈们”的规训，一方面可能是更大范围的教育制度的集体无意识；另外一个方面则可能是新少年从小就“过于聪明”，他们心知肚明，了然文学前辈们需要什么样的“文学”。

但我以为，新时代的文学世界决不应该是这样的。因为，他们生活的世界是一个空前打开的世界。像丁中冶就和《鹿唇》中的男主人公一样，少年时代即留学海外。同样，如果把《鹿唇》放在广义的、类似中国现代文学《沉沦》这样一个留学生文学的谱系看，《鹿唇》写作者的立场，已全然不是被殖民的屈辱者的心态和心境。全球化时代独立正大的中国新少年正在崛起。因此，希望以《鹿唇》为起点，我们去观察和发现中国新时代在整个世界中的存在。具体到《鹿唇》，这个在汉语文学代际中如此年轻和新鲜的写作样本，并没有因为年轻和新鲜就只是讲述许多年轻写作者文学“首秀”的浅薄的青春故事。丁中冶不是为成人世界制造出一个假想的“残酷青春”，而是写他对世界，对爱情，对生命，对文明和文化等等的理解。阅读《鹿唇》，我们要在他们开放的成长世界重新去识别他们。不仅仅如此，对丁中冶来说，文学已经被他熟练地征用来对世界发声。我的意思是，《鹿唇》固然是一个我们观察今天中国新少年在世界漂泊、行走的成长和思想的样本，同时《鹿唇》首先是一个已然成熟的文学文本，这不只是《鹿唇》自如地穿行在现实、想象和象征的世界去结构它的爱而得与不得的缠绕的初恋故事——不只是故事，丁中冶虽然年少，但世界和我们内心的隐秘，以及我们在世界上活着却宿命一样的无可奈何，已经被他年轻的心灵捕捉到，感受着。《鹿唇》不是中国版的“少年维特之烦恼”，而是属于中国新少年自己的梦与哀愁。我愿意推荐《鹿唇》。

2016 年 9 月，林芝尼洋河畔

一

去程与归途，怕是怎么都不一样的。

熙熙攘攘的轰鸣声把我从睡梦中唤醒，放在平时，降噪耳机应该足以使我耳畔保持宁静。颠簸的飞机令人稍感不适，我不禁打了个寒噤，才发现毛毯不知在何时滑落在了地面。取下耳机，机舱内的声音无非几种，气流和震动的声音、不知坐在哪里的先生的呼噜声、间断性闭合盥洗室的声音。说来也怪，我竟然伴着如此嘈杂的环境又迷迷糊糊睡了过去。怕是因为要回家了，睡着得才比平常容易吧。我竟被自己的想法逗乐，就在刚刚，机组人员的动静不小，也顺带唤醒了我。脑袋愚蠢的想法，真的是随着年纪的增长，有增无减。

自嘲使我在这个清晨心情愉悦，带着变色玻璃的舷窗绽放出迷人的蓝色光芒，我知道，窗外已是阳光明媚。意外的是，当我将舷窗玻璃颜色调淡，窗外却是灰蒙蒙的一片，连云的轮廓都难以捕捉。这也算是一种特色了，我嘴角轻轻上扬，可以想见是一个无声的笑容。

“看来您今天心情不错。”身着制服的空姐开始了机舱服务。蓝色袖子配一道白条纹，倒是很适合这个机舱。

在机舱内暗淡的灯光的映射下，最明显的就是她的一头栗色头发了，也许还有她蓝色的眼睛，但是我生来惧怕与人对视。

“可不是吗？”我的目光寻找了半天，聚焦在她身前的餐车上，嘴角的笑容依然没有收起。

“喝些什么？”

“水。不加冰块好吗？”

“当然。”

今晨，舱内供应的是点心和鸡蛋面，也可以选择三明治。配餐是沙拉和水果。

“您是要蓝奶酪还是油醋汁？”

早上选择蓝奶酪并不是什么好的选择，辛香浓烈、略发臭味的奶酪会把我的胃翻滚一番。而油醋汁，是佐沙拉怎么都不会错的选择。空姐附身倾倒透明的瓶子，略显浓稠的油醋缓缓浇在了无可挑剔的苦苣上。我不知道美食评论家是如何描述美食的，我只知道，只要看上去好看的东西，吃上去总不会太叫人失望。

沙拉果然没有叫我失望。美中不足的是，餐具好像过于冰冷了，好像才从冰箱里取出来那般。所谓的点心，无非是几款港式面点。叉烧包的口味未免有些过甜了，虾饺是容错率极低很难叫人失望的美食，还有一块甜甜的糕，一定是女生喜爱的食物。

我一边嚼着西瓜，一边打开了电子航线图，飞机横跨了小半个北冰洋，飞过一个可爱的弧度，总算要到达旅途的终点了。地面的轮廓渐渐可见，而我脑海里浮现出的第一个想法，竟是走出舱门，大大地呼吸一口并不新鲜的空气。回家，是千百万漂泊在外的人，最向往的事情了吧。一路的奔波和前一阵子的忙碌丝毫没有干扰我热烈的情感。我托着下巴望向舷窗外，静静地等待着属于我的，起降轮与地面那一声清脆的——咔。

闷热。登上廊桥的那一刻起，热浪就扑了过来。

苦着脸的海关工作人员，手上干着活，心却不知道飘到哪去的保洁员……

我又坐上了那穿梭于不同航站楼之间的“老朋友”，怕是正好赶上了回国的高峰，空间狭小的车厢变得格外拥挤。和他人的身体接触让我极不自在，一只手也卡在人群中，没有空间拔出来了。

再矫情的诗人也抵不住现实的冲击，汗水从发梢滑落，拂过额头和脸颊，留下一道看上去咸咸的汗渍。汗珠垂在下巴上不忍脱落，迎面而来的是令人晕厥的正午阳光。更不用说我还带着两个沉重的行李箱。几经波折回到家，我已经累坏了。

瘫倒在有着身体记忆的沙发上，皮质沙发的表皮已经有些脱落。从口袋中摸出手机，换上从前用的手机卡，竟然还没有停机，讯息潮涌一般在屏幕上闪现。我看了一眼，时间最近的讯息显得格外刺眼。

来自陆莼。

汗水沾湿的手在屏幕上滑动着，心跳变快，呼吸急促的像刚刚结束了百米冲刺。大量的短信让手机格外卡顿，不知道是屏幕上的汗渍让我难以选中，还是我的手本身正在战栗，打开陆莼的信息格外花费时间。已经过了这么久，我还是无法抑制自己激动的心情。

来自陆莼:“回国了吗？我们到时候见呀。”

谈到我和陆莼的关系，说实话，我也不清楚。有的时候你会发现，越是和你关系亲近的人，往往你越不了解。我们总是在刻意回避一些问题,一些无关紧要的问题。弗洛伦蒂诺与费尔米娜，白兰与丁梅斯代尔，从小说的文字里，我知晓世上本有一万种爱情，这一万种爱情大相径庭，但它们的出发点都一样：两颗寂寞孤独的心，两个百无聊赖的人。

而我和陆莼的关系，就是那与众不同的第一万零一种。

“别啊，我们现在就见面。”我回复了陆莼。

陆莼约我在离我家最近的酒吧见面。

这清吧开了有一段时间，多半照顾的也是年轻人的生意，至于为什么要选在这个非闹市区的位置，想必店老板有他自己的想法。下午的时段，店内并没有什么客人，换做是其他喝酒的地方，干脆门一拉不营业了，还省下了电费什么的。

大街上尽是一些国内才下课的中学生，我仔细打量了一下，也会想起当年还没出国时，自己穿着校服傻傻的模样。那些学生都是成群结队的，发型也是默契的一致，男生都是清一色的寸头。我记得当年自己也剪过那样的寸头，自以为神奇得很，又凉快。兴致勃勃地冲到班上去，被班上的男生笑了好几天，最让我伤心的是，有几个好看的女生也应着他们的起哄，在边上偷偷地笑。从此我就发了誓，宁愿自己披头散发，也不要理一个自认为阳光的寸头。

现在想想，我的寸头之所以被人嘲笑，倒不是因为发型本身的原因，读初中的时候，男生也是很少有去烫发的吧。怪就怪在我的头型可能有些奇怪，后脑勺有些扁，头型也有点歪，所以剪了短发之后，会留下一个尴尬的脑瓜，这才被人嘲笑的。距离上一次理发已经有好久了，我记得上次出国前，特意在临走前一天跑到理发店去把头发烫卷，为的就是好让自己在国外理发的次数少一点。

想起那些理发经历，我都要感叹这些年我是怎么熬下来的。抛开自己留学所在的镇上，没有任何亚洲人开的理发店不说，单单是镇子上仅有的三家理发店，就有一家是专门为女性服务的。离学校最近的一家理发店是一个人很好的大叔开的，我也不是怪他手艺不好，我相信他能剪得一手好油头，但让他料理亚洲人偏硬的发质，肯定是处理得一团糟。我每次去，他总是乐呵呵地问我想要怎么剪，最后的结果往往就是我指到哪，他就拿推子推到哪。而我每次都要看着自己像西兰花的头，违心地告诉他："剪得不错。"

每次才一回到国内，总是倍感亲切。这些学生估计没多久就要期末考试了，紧接着就是会发生各种故事的暑假。其实，我也比他们大不了多少，但是，人嘛，以为自己经历了点东西，就能跟人攀比人生境界了。

走到清吧的门口，现代的装修配上复古的家居，还是和以前没什么两样。我每次来这家清吧，都想起我待的小镇上的那家Pub，每逢双休日，里面总是坐着满满的人。看着是热闹，我因为年纪没到，一次也进不了。也就只能看着他们喝酒发发呆，坐在靠窗边喝酒的人多半看到我会回应一个善意的微笑，然后把面前的酒一饮而尽。所以说，国内的规矩还真不一定比国外多，现在的酒吧里，随处都能看到未成年少女，有的穿着校服就坐进去划拳喝酒了。反正这个社会就是这样，爱玩爱疯，做起伤害自己的事情，毫不吝啬。

我到了靠里面一点的四人桌上，也没有看见陆莼，想着时间还没到，先点一杯酒喝喝，挥了好一会手都没有看见服务员的影子。店里的音乐倒是放得很起劲，我瞥见桌子上用绿色杯子盖住的骰子，就拿了过来，自己跟自己摇着玩。摇了好一会，骰子的声音才吸引过来一个无精打采的店员，甩给我一份酒水单，就在一边无精打采地站着玩手机。

陆莼还没到，我也不急，一个人点了杯“雪球”。这还是我上次回国喜欢上的鸡尾酒，配料很简单，蛋黄酒加金酒配上雪碧和冰块，喝上去甜又浓郁，正好对上我这种幼稚鬼的口味。其实这是一道餐后酒，但现在喝也无所谓，希望夏天喝名字凉快的酒，能让我的心情舒畅一些。

虽然偶尔也会去喝上一两杯，但我的酒量确实不行。我是属于喝一口酒就会脸红的类型，喝多了整个眼眶都变红了，看上去整个眼睛都充了血，连我自己都害怕。倒是拜酒量不行所赐，我喝酒倒是没断过片。以前的老同学喊喝酒，每次到了拼酒的时候，都被我以酒量不行为理由糊弄过去了，其实他们心里也是心知肚明的，还好也不会刻意为难我，毕竟我一张红脸摆在那里相当恐怖。

天气很热，口也渴了，酒端上来的瞬间便被我喝掉了半杯。我也顾不得酒这个东西是要慢慢品的了，半杯下肚，只觉得自己心里暖暖的,反正开心就好。我吩咐服务员再上一杯一模一样的，陆莼这个时候就推门进来了。

“来得挺早啊。一个人喝起来了？”

“想见你想得着急啊，口又渴，一个人在这酒吧喝闷酒。”

“把自己说得那么可怜，可没人会同情你。我倒是担心你会得相思一样的毛病。等等,别光顾着一个人喝啊,给我点酒了吗？”

“没有，又没和你喝过酒，哪知道你喜欢什么。”

陆莼喊来服务员，“夏天么，喝点凉爽的，要一杯莫吉托吧。”

她细细地打量了我一番，对我说：“你啊，怎么过了一年，还是这副德性，爱理不理人的样子。”

“才回到家，一点力气都没有啊。”

“要不来两杯失身酒，来弥补一下你那晚的过错？”

我笑了笑，“哪有什么失身酒啊，你说外国人骗人的 Four Loko？无非就是度数高一点的酒精兑上了咖啡因罢了。再说，你要是喜欢我，哪怕只是喝一口果酒，终究还是要到我怀里来的吧。”

陆莼撑着下巴，“说得也是，但这话总叫人不爱听。”

“失身酒啊，无非就是帮你在‘爱’和‘未’旁边加了两个偏旁部首。”

“什么偏旁部首？”

“日。”

“你这都是跟谁学的？呐，不管怎么说，航班还顺利吗？”

“延误了十三个小时，你说呢？我坐在机场里面人都傻了，本来就已经呆呆地等了好几个小时，这消息一下子把我回国的热情给冲散了。”

“真有你说的那么夸张？”

“我啊，走在机场的快速传送带上，望着头顶上的镜子，有一瞬间觉得自己是世界上最可怜、最孤独的人呢。”

“哎呀，说到这个，我倒是收到一份很古怪的信，这字迹倒是和你有些相像。”

她在包里翻了翻，拿出一张烂烂的信纸，甚至没有信封的包裹。她挥挥手里的信纸，“没办法，拿到手就是这样的，好像是被水泡烂的，现在的邮递公司，真的是越来越不上心了。”

“信里写的什么？”

“开头是这么写的——‘致所有我不爱的人’——这么矫情的语气一看就是你写的，何况还多次提到了我的名字，你看看。”说着，她把信纸递给了我。

我是一点印象都没有了，在我的记忆里，我是绝对没有写过这封信的。但这人说话的方式，写字的习惯跟我一模一样。我感觉头好像有些痛，怎么想，也记不起来我什么时候下笔写过这些东西。

“我看你是一点印象也没有了，该不会是做梦时候写的吧。”

“哪儿能，我又不会梦游。我看啊，时间还早，我们慢慢聊。”我把这令人头疼的信放到一边，暂且不去想它。

“还记得我们第一次相遇吗？”

我抿了一口“雪球”，思绪飘到了很久很久以前的秋天。

二

第一次见到陆莼，也不是什么特别久远的事情。

总有人说，我性格内向，为什么要选择出国呢？因为家庭原因，我出国较早，第一次见到陆莼，我应该还在上高中。正值上半学期秋季，当时是篮球赛季，家长都到学校来看自己的孩子比赛。我的室友是篮球队的成员，他，是一个胖子。外国人的胖是比想象中要恐怖得多的，以我室友的吨位来看，乘坐廉价航空公司的飞机，怕是没有人能坐在他身边的。对，他就是那种坐在座位上，肥肉能垂下椅子的那种胖。我不爱篮球，准确地说，我讨厌身体碰撞的激烈运动。但你很难想象美国人对竞技体育的热爱，我去看比赛，纯粹是因为当天晚上没有什么事情可做，而我的室友又强烈要求我去看他的比赛。我知道凭着他的吨位，不至于被对线球员碾压得太惨，但以他的脚步和意识，在场上肯定是失误连连。

陆莼也是在这时出现的。

我的学校在美国幅员辽阔的“大农村”，地理位置偏僻，身边都是白人，没有拉丁裔，有几个黑人。学生的构成也确实有趣，有来自南海岸加州的，有来自东海岸波士顿的，还有来自佛罗里达的，总之，这儿汇聚了大半个美国的人。因为教会学校的特殊性，若是没有明确的宗教信仰，中国人怕是不会来这里的。人种的分配不均，好像也没有使得我成为什么珍稀品种，无论是平时的相处，还是上课的交流中，我也没有感到多元文化的冲突。至于你问我他们对中国文化感不感兴趣，我只能回答你：他们对中国文化的感兴趣程度就和你对美国文化的感兴趣程度一样，若是不专门涉及某一话题，平时是不会拿出来说的。

回到陆莼，这个姑娘亚洲人的长相在学校里基本上是见不到的，我们学校除了我，就只剩下那个皮肤黝黑的印尼后裔了，然而他是学校办公室的员工。所以陆莼很快就吸引了我的注意。而我内向又倔强的性格，又不允许我盯着她看。很快，我就莫名奇妙地把自己置于一个坐立不安、进退两难的处境。

陆莼看了看四周，好像在寻找空出的位置。很快她就快步向我的方向走来，我慌忙掏出手机，来掩饰自己的尴尬和不安。陆莼若无其事地坐在我的身旁，眼睛瞄了瞄我，把额头前一缕不听话的头发拨到脑袋后面，然后就目不转睛地盯着我看。

“Hi！”我明显感觉到了来自女生的目光，我从没见过这样盯着别人看的，只得尴尬地向她打招呼。

“你好啊。”陆莼的嘴角上扬，这不是我观察到的，而是我从她的语气里听到的。我的眼睛此刻正聚焦在前面一位美国大妈的衣服上，蓝金色的凤凰印在她的T恤上，格外耀眼。这是我们学校的吉祥物，别的学校都是一些狐狸啊，老鹰啊之类真实存在的动物，也不知道我们学校为什么要选一只凤凰。最丢人的是，这蓝金色的不死鸟经常被一些小动物球队吊起来打，没有一点脾气。

如果我那时有直视陆莼，我相信，她一定是用一种打量的眼神在看着我。

她身上的香水味让我有些晕眩，以我当时的资历和经验，怕是对付不了任何一个女生，若是我把她头发上洗发水的香味误以为是香水也没什么可奇怪的。如果把女人比作酒精，我可能就是属于那种听到酒精名字就会醉的人。

“唉，你们这里有客人用 Wi-Fi 吗？”她发出笑声，是鼻腔里发出的那种安静的笑。

“没有，但是我有教学楼 Wi-Fi 的密码。”我强作镇定。

“坏学生哦。”她笑着说。

心跳大概停止了有那么半秒，她递过手机，屏幕上的壁纸是一个从来没有见过的地方。我的手指有些紧张，也许它们比我还没有准备。铭记于心的密码输了好几遍才输对，在我看来是一件丢人的事情。上帝，她就像一只小鹿，好奇真切的眼神紧紧盯着我。而我，我就是那个全天下最没用的猎人，被一只小鹿欺负得动弹不得。

我活在自己一个人的尴尬气氛中，大概过了有那么半分钟多样子。她朋友的出现让我喘了口气。

“你怎么到处乱跑啊，你认识他吗？”一个矮矮的卷发姑娘在她身旁坐下。

“不认识哦。”她这一开口，才让我发现，她的英语并不是那么熟练。

“你怎么能做到若无其事地坐在陌生人身边，还能跟人家聊天的？”这可不是羡慕的语气。

我竟有点小小地期待她的回答。

本校的球队被打得稀巴烂，主场气氛相当沉闷。

“今天为什么来这里？”

她指了指刚刚的卷发姑娘，告诉我这是她的室友，她是陪她来的。

“嘿！”小鹿又一次凑了上来。

“时间还早，出去转转吧。”她瞪大了眼睛。

我这个愚蠢的猎人，又不知道如何是好了。

“陪我去超市吧。”小鹿向我发出了无法拒绝的请求。

走吧，我还真有一点舍不得就这样把她晾在一边。

美国的乡村和中国的乡村，多少还是有些不同的，但是夜里总是悄无声息的。我是住校生，学校平时虽然有严格的宵禁，但是在双休日，还算人性化。我就这么陪着陆莼走出了校园。

“这地方叫什么名字？”小鹿问道。

“水郡。”

“可是郡不是很大很大的吗？”

我从来没思考过这个问题，而在我脑海中那个直观的名词，不是水镇，不是水乡，就是水郡。也许，没有驾照的我，活动范围永远都是那么小，小小的镇子，在我的潜意识里，也有郡那么广阔了。

“仅仅是更好听的原因吧。”我选择了更简单的回答方式。

她好像没有理解，但也没有追问。谈话就在此刻中止。

秋天的晚上，并没有感受到凉意。路边是一户户人家。向着路边的车库有时会因为我们的脚步，亮起刺眼的灯光。这样的夜晚，是适合步行的。

我开始有些享受这样的过程。

“我来美国读大学哦，才来两个月。”小鹿好像心情愉悦。

“你会喜欢这里的。”

“你的口气就像比我大几岁一样哦，你可是弟弟。”她轻轻拍了我一下。

被轻轻拍了一下的我，有些踉跄，调整了步伐。

“那，你有多大？”

“比你大个两三岁吧，但是心理上要成熟二三十岁吧！”

“什么啊。”

“我说，你平时都上些什么课。我还从来没遇到过在美国读书的高中生呢。”

“数学、历史、英语、化学……”

“听着和国内的差不多呢。”

“但无论是从学的内容，还是课程的安排上，都完全是不同的呢。”

“所以，反而更加忙碌吗？”

“还好，因为大部分学生都是住宿的缘故，第一节课的时间特别早。这儿是按照时间段排课，这样解释不太清楚，大概是同你现在大学上课的方式类似。早上 7:30 是第一节课，所以我常常吃完午饭就已经结束一天的课程了。”

“然后就可以干自己想干的事情了？”

“可以这么说。”

“好幸福啊。”

“在这里读书听起来很开心，也并非没有烦恼。表面光鲜的东西，背后也一定有属于它自己的苦涩。教会学校上学的孩子，以后多半是要当老师或者牧师的，你是知道的吧。”

“嗯，宗教大学会给他们更多的资助吧，而且一直以来都有在学习这方面的内容。”

“也有很大的可能从宗教大学毕业后，成为宗教性质公司的员工。这不是重点，刚来这儿的时候，我也想过，他们难道没有其他的兴趣,一定认着死道理要为自己的宗教信仰奉献一生吗？”

“结果怎么样？”

“去年冬天参加了学校的室内攀岩项目，每周都要去另一个城市的室内攀岩馆。一周两次。我搭的是比我大一届的学长的车，我当时在去的路上就问过他这个问题。”

“他怎么说？”

“他说，他只对体育感兴趣，但是知道自己运动天赋没那么高，早就自己打消了成为体育明星的梦想。他跟我说，他想成为名体育的播音主持，这样自己的工作就能和自己的爱好挂上关联，工作起来就不会那么辛苦了。”

“我没有听懂苦恼在哪里啊。”

“听我说完。大学的学费和衣食住行,放在美国的中产家庭，家里都是不承担子女这部分费用。他想去的学校并不在这个州，而州内的学校一般提供给州内居民较大的学费折扣。”

“所以，一方面是他的梦想，一方面就是现实的问题了？”

“是。为了尽量地减轻上学贷款的负担，有时候不得不放弃一些东西。”

“至少你不用担心这些问题。”

“我只是比较幸运的那一个而已。每每谈到这个问题，和招生官也好，和学校的老师也罢，他们都把这看作是上帝对我的一种特殊恩赐。”

从这个角度看问题，总是有怪怪的感觉。我也不想把父母供我读书的功劳看作上帝给我的恩赐，钱这个东西，虽然不至于高过一切的重要，但总是离不开的。上帝也许能赐予你安定幸福，也许能赐予你智慧与祝福，但绝对赐予不了你财富。金钱这个东西，还是得靠手，一枚一枚硬币赚出来的。

行至镇中心的公园，我们的脚步愈发慢了。

“喂，还没问你的名字呢。”

“郁予。郁金香的郁，给予的予。”

“这名字好蠢哦。”她笑得很开心，马上又收住嘴巴，“抱歉抱歉，我没控制住。”

长这么大，第一次有人嘲笑我的名字。说真的，我有些不甘心。

“那你呢，尊姓大名？”

“陆莼！”她面对我，大声喊出她的名字，堆着一脸灿烂的笑容。

我招架不住她的笑容。

“陆莼。纯洁的纯？”

“本来是想叫纯洁的纯的，但是家里觉得女孩子太单纯了不好。”

“所以就加了草字头？”

“五行缺木？我也搞不懂，一定是我家里关心的那些神神叨叨的东西。”

“没事，这名字挺好听的。”

“谢谢啦。”

松鼠还在草地上寻找着什么，今天的夜不知道为何如此明亮。这里安静得怕是只剩下呼吸声了，月光从天上洒下，照亮了镇子上引以为豪的棒球选手的纪念牌。我想开口问些什么，却欲言又止。

“哎，你很擅长和别人搭讪吗？”我小心翼翼地问道。

“什么话。”她皱了皱眉头，坐在公园的长凳上，抬头看着我。

“我可不是那种随便和别人说话的女生啊。”

“对不起。”

“不用道歉，看把你吓的。”

她像是要缓和一下尴尬的气氛，四处望了半天，也是看到那雕像了，于是开口问我：“那个雕像是谁？”

“小镇上最有名的人。名叫 Fred 的棒球一垒手。在职业生涯中获得荣誉无数。但让别人记住他的却是他在新秀赛季一次致命的跑垒失误。”

“因为一次跑垒就输了整场比赛？”

“是本该赢的比赛。有的时候挺不公平的，谈到 Fred，人们总是先想起他的那次失误。一个人的污点总是容易被人记住。”

“但是荣誉是怎么样也无法被人否认的，不然这个镇子干吗要特别为他在广场上竖立一座雕像呢。不过你刚说的我也赞同，比如你刚才说我经常和别人搭讪，我就要记住好久。”说完她认真地盯着我看。

我有些慌张，只感觉全身都在冒汗，手心的汗尤其多。

陆莼扑哧一下笑了出来，说：“我就是逗你玩的，你知道我为什么对你这么感兴趣吗？”

“为什么？”

“因为你笑起来很甜啊。”

三

周日的上午，怕是镇上一星期里最忙碌的时候了。

马林巴琴的铃声响了三遍才把我唤醒。冲澡对于我而言，是唤醒自己最好的办法。今年我偏偏分在老旧的校舍，这里的浴室总是让我头痛，不仅没有独立浴室，就连公共的浴室里也没有隔板。作为一个男生本当没有那么多的忧虑，但是当一个赤身裸体的同学从面前走过时，我会觉得很尴尬。是打招呼，还是无视。这个问题就应该和上厕所出来要不要和人握手一起讨论，若是上升到哲学层面也不足为过吧。总之，在条件允许的情况下，我还是偏爱选择没有人的时间点舒舒服服地冲个澡。

今天起得还算早，浴室空无一人，昨夜不知道谁洗完澡没有拧紧龙头，淋浴头一直向外滴水。我爱在离门最近的地方洗澡，那里水势最大。没有控制好水温的我被浇了个透心凉，这么一折腾，鼻子有些不舒服，但也彻彻底底地醒了。我哆哆嗦嗦地走到洗手台，头发上的水珠顺着发梢流下，滴在肩膀上钻心的痒。望着镜子里的自己，看到一张大肿脸。我用手拍拍脸上的浮肿，看来一时半会儿是消不下去了。这个毛病从读书开始就有了，每天早上顶着浮肿的脸上课，看起来是全校最没睡醒的一副面孔。想要摆脱这浮肿，倒也不是什么困难的事情。让浮肿呼吸一下新鲜空气，或者打开窗户吹吹风，我的脸就重回紧致了。

室友熟睡在被他压扁了的床上，像个死人。我用浴巾包裹着湿漉漉的头发，额头上几根悄悄溜出的头发，水滴在了地毯上。我走到窗边，拉开窗帘，准备给自己透透气，凉凉的风和刺眼的光进入了室内，只不过一个是用飘的，一个是用冲的。

被风卷起的窗帘肆意拍打着无辜的窗檐，我望向窗外，没有起雾，也没有飘雨，今天是个好天气。我无意瞥见倚身靠在对面宿舍铁栏杆上的陆莼，她好像在观察着什么东西，一动也不动。

阳光射穿树荫，光斑放肆地打在她身上，莫名使她看上去有些模糊不清。

一滴水滑进我的眼睛，我用手揉了揉，再次睁开眼，陆莼就消失不见了。

“陆莼？”我想响亮地喊出她的名字，但从嘴巴里发出的声音甚至抵不上没有拧紧的水龙头的落水声。闹钟铃声又一次响起，吓了我一跳。一转身的刹那，陆莼就又出现了。

“早上好啊！”陆莼站在一楼向我问好，她用一只手挡住太阳的光，手掌心发亮。

“早上好，准备走了吗？”

“不，不。还早呢。”

“能不能不要一大早就跟女生聊天？”Dale 明显是被我们的聊天惊醒了，有些不耐烦。“至少用我听得懂的语言聊啊。”

我给陆莼打了个手势，示意她等我一会。我从衣架上随意扯下一件衣服，套上昨晚随便丢在床下面的灰色运动裤，再穿上走起路来啪嗒啪嗒响的拖鞋就出门了。

“我说，回去换身衣服吧。”陆莼看到我的穿着，笑了出来。

“怎么了？一大早的，我都是这么穿的。”

“上课也是这么穿的？”

“运动裤不能穿,但是可以穿拖鞋。你是觉得这身太随意了，还是要邀请我去什么地方吃饭？”

“不，不。今天是周日，我想去跟着你看看教堂的礼拜。”

“不去。你要是邀请我在镇子上走走，去吃点什么东西，哪怕现在冷得要死，你邀请我去游泳我也愿意。但是教堂，真的不想去。”

“教会学校的学生，怎么能不做礼拜呢？”

“因为我不是教徒，偶尔听听还好。听多了无非是那一套东西，久而久之就懒得去了。”

“权当陪陪我吧。”陆莼一边说着，一边往男生宿舍里面走。我赶紧拉住她，“别别别，这里不是大学的宿舍，也不是公寓楼。我要是带女生进去，可是要被开除的。”

“都不给跟女生见面的？你说说，你在里面是不是憋疯了？嗯？”

我明明听着这话是在调戏我，心里却还是有些开心的。

我找不到任何借口，陆莼就这么向我提出了一个无法拒绝的理由。”

“你是基督教徒？”我问陆莼。

“不，不是。我只是感兴趣罢了。”

在路上刻意放慢了脚步，路上步行前往教堂的人并不多，大部分人都选择开车去了。我们到教堂的时间刚刚好。我和陆莼坐在后排的座位，过了不一会，一个略显年迈的牧师便上台问安了。我拿起摆放在前面椅背的红书递给了陆莼。

“待会要跟大家一起站起来唱赞美诗。”我悄悄对陆莼说。

陆莼唱的声音很低，但不知为何，我的耳朵里只有她绵绵的声音。陆莼的兴致全然被这仪式吸引了，第一次，我鼓起勇气，望向她的眼睛。

那是一双怎么样的眼睛呢？睫毛意外的长，但论这一点，怕是有些像欧美人的眼睛吧。但是咖啡色的瞳孔又暴露了她亚洲人的本质。最令我意外的是，她的眼睛眨得很快，我是说，远远超过平常人眨眼的频率。这使得我难以捕捉到她的眼神，她是否有在唱的同时，偷偷瞄我一眼呢？

终于鼓起勇气的我，第一次的观察就这么不了了之了。

聚会的程序无非就是那些，读经、证道。长久以来，我都将他们的话看作是劝我信服上帝的借口。路德教派将“因信称义”奉为教义，大概指的是信徒因为信仰便可越过繁文缛节，成为义人。假如我有原罪，为何耶稣能有大爱，能为我牺牲呢？

说到底，我无非是看不清这世上是否有爱，更不会思考怎样去爱。抛开真伪善恶，宗教究竟是不是心理脆弱的人给自己营造的风平浪静的港湾呢？

“The Lord bless you and keep you;

“The Lord make His face to shine upon you,

“And be gracious to you;

“The Lord Shall lift up His countenance upon you,

"And give you peace."

牧师的宣讲到了尾声，人们低下头祷告。

混乱的思绪令我浮躁，我闭上眼睛叹了口气。陆莼就在这时一把握住我的右手，在我毫无防备的情况下。我惊得睁开了眼睛，头发的遮挡使我看不清她的脸庞。她十指相扣，我的右手就这么被夹在中间。掌间的温度让我的手微微出汗，她双手顶在眉梢，没有放开我的趋势。

整个教堂最突兀的怕就是我了，掌间的柔软让我有些沉醉，我不忍抽出我的右手，而左手又尴尬得不知道放在哪里好。我只得低下头去，等待结束的那一刻。

陆莼悄悄地松开了我的手，好像什么都没有发生过。她好像是要开口说什么，嘴唇一张一合，但是没有声音发出。

我和陆莼缓步走出教堂，眼光映射在刻着《圣经》图画的彩色玻璃上，露出了好看的颜色。

"感觉怎么样？"

“听他讲话，果然有一种想要睡觉的感觉呢。”

“可我倒是看你听得比谁都认真呢。”

陆莼微笑着看了我两秒。“你一直在看我？”

“你有那么好看？”

“可不是吗。”

我本想执意回去换掉西装的。陆莼有一万个不情愿，我本想固执一回，却还是败在她的手下。

“你穿着西装很好看啊。”

全因这一句话，这西装再紧再硬，哪怕我连腰都弯不了，我也要穿。

Main Street 是镇子上唯一稍显繁华的路。酒吧门口抽烟的男人看人的眼神总是很奇怪，每次都把我看得怵怵的，但我有些羡慕他举着烟的左臂，被荆棘包裹着的是虔诚的祈祷之手。我也曾有打算去文身，但依了我的性子，一辈子也选择不了自己想要的图案。

穿过水郡的河名叫“瑞克福瑞”，缓缓流过的河将 Main Street 分成东西两个部分，中间用一座桥连接。在靠着河畔的建筑上，一百年前水郡的模样就记录在上面，若要细细追究，其实老房子都还保存良好，只是对着路一侧的商品房重新翻修了店面罢了。最老的建筑可能就是镇子上的电影院了，以前的售票处还保留着，里面摆着一个古怪的娃娃，还有一块通知入内买票的告示。

沿路两边多是商铺，装修不起眼的面包店据说做着全镇最好吃的甜甜圈，西班牙移民来开的餐厅相当有异域情调，还有一家只在春夏季开门营业的饮品店。剩下的无非是干洗店、礼品店这些生活配套设施，没有什么特殊的。至于如“麦当劳”一类的快餐店，则要走到快出镇子的高速路上才能遇到了。

今天是星期日，大多数餐厅都在卖早午餐，我带陆莼走进了我去的次数最多的餐厅。

“Towne Cafe”手写体英文的招牌相当精致。

“午安，想要喝点什么呢？”兼职的服务生问道。

“红茶，多放点冰块。”

陪陆莼走路不是一件轻松的事情，唇干舌燥的我现在只想喝杯茶润润嗓子。

陆莼要了一杯冰水，却没有喝的意思。她轻摇着杯子，冰块碰撞的声音相当美妙。有几滴水在摇晃下溢出了杯壁，却在杯沿止住了脚步。

“两位想要吃些什么？”服务员不一会又回来了。

“牛排配蛋，五分熟，蛋要单面。”

“土豆呢？”

“要土豆泥。”

我是一个不喜欢在点菜上浪费时间的人。

“这位小姐呢？”

“跟他一样。”

冰块停止了晃动，餐厅里的人们看起来十分慵懒，正午的阳光让室外看上去格外明亮。

“你喜欢土豆泥啊？”

“对，仅仅是因为吃起来方便。”

“土豆块或者薯条什么的吃起来也很方便啊。”

“你说得是没错，但不管怎么说，用勺子就能轻而易举送入口中的食物，一定有它独特的魅力。虽然软塌塌的泥状会让人恶心，但是浇上 gravy 之后，很难想象这口感细腻的泥巴是硬硬的土豆变的。

“我啊，吃什么全凭自己的心情。土豆泥虽然好吃，但是无论是块状，条状的土豆，我都不嫌弃。反正最后吃到嘴里的都是土豆，有什么差别呢。”

“可能是小时候经常缠着父母去快餐店，父母又觉得不健康不怎么带我去，久而久之，那些在他们口中不健康的食物反而变成了我最向往的东西。其实我发现，每次去快餐店，如果在吃汉堡、炸鸡之前吃一小盒土豆泥，炸鸡好像也就没有那么好吃了。这么说来，我的心思应该是放在那小小的一盒具有魔力的土豆泥上面的。”

服务生把两个大大的白色瓷盘端上了桌。陆莼拿起勺子，舀了一勺土豆泥送入口中。

“怎么样？”

“我倒没吃出那么夸张的口感。”

“那很正常啊，毕竟现在吃饭，也不能做到像小时候那样专心致志，整个人都投入到品尝食物当中去。”

“你这个人，年纪不大，倒是很喜欢掰一些道理啊。”

“我啊，就是想得太多。”

“这土豆泥分明就是水分不足嘛，你尝尝。”

陆莼从自己的盘中舀起一勺土豆泥，送到我的嘴边。这应该是一个暧昧的、只有情侣之间才会做的动作。可是在陆莼这里做得相当自然，我也不知道应该如何回应，只能傻张着嘴等着陆莼把土豆泥送进来。

“你看看，这土豆泥是不是干干的。”

“你说得没错。”其实我是生咽下去的，一点味道都没有尝到。

“我常常幻想啊——”陆莼托着下巴对我说。

“幻想什么？”

“有一家自己的餐厅啊。”她这么说着，眼睛里闪烁着光芒。“就像这一家，不大不小的面积，但一定要精致。餐具一定要是纯手工制作的，店里的服务员一定要看上去舒服。还缺少点什么……”她思考了一会，说：“一定要有几幅我最喜欢的画，哪怕是仿制品，但不能像这家餐厅一样，留着光秃秃的墙。”

“可是，并不是把所有好的东西摆在一起就能成为一件艺术品，就像有的人，明明五官单独摆出来看，都是数一数二的漂亮，但是组合在一起，就特别不自然。你去看看那些整容失败的案例，并不完美的脸颊硬是要安装一个高挺的鼻子，还不如原装的脸好看呢。”

“不，不。”陆莼认真地说，“我才不在乎别人怎么看我的餐厅。只要我自己在里面看得舒服，吃得舒服就好了。”

“丝毫不顾忌客人的体验？”

“关他们什么事情？”

“餐厅的经营，应该把客人放在第一位吧。”

她认真地想了想，又摇摇头。“我可能真的不太适合开餐厅，如果有哪个食客批评了餐厅的装修或者是食物，我可能会拿着刀一路追着他砍的。就用那种剔骨头的，又长又锋利的刀。”

“你这样子，应该去开屠宰场。”

“别瞧不起我，我这样子怎么了。在我爱的东西面前，绝对不可以妥协。我自己怎么说，怎么作都行，但别人敢说一个字，我就跟他没完。”

“包括我？”

陆莼翻了一个白眼，然后装作很跩的样子看着我，她的嘴里现在只缺一根雪茄。她向我挥挥手，示意我凑近过来听。

“什么？”

“嘿嘿，对你呢。我可以考虑用小一点的刀，看在你带我吃饭的情面上，我啊，在追着你砍之前，可能会磨一个小时刀。怎么样？”

我无话可说。

她扑哧一下笑了出来，“好啦好啦，不逗你了，你放心，我怎么可能砍你呢。我也就是嘴上说说，你可别给我留下一个坏印象，说是这个女孩有暴力倾向什么的。我就是对自己喜欢的东西，有强烈的保护欲望，每个人都有自己的雷区，我埋的雷，只是比较明显而已。”

我也笑了，用叉子拨弄着盘子里的食物，可怜的西兰花被我挑来挑去，我讨厌花菜的口感，我曾经有一段时间特别爱吃西兰花，可现在不知道怎么了，我看着西兰花头顶星星点点的绿色，每每塞进嘴里，就像是在咀嚼一棵树苗。

Sometimes rain that's needed falls

（有时那久被渴求的雨降下）

We float like two lovers in a painting by Chagall

（我们像一对恋人飘浮在夏加尔的画卷里）

店里的音乐多播放的是民谣，慵懒的旋律让我困意渐增。时常会想，如果可以就此一辈子生活在一个小镇上，也挺惬意的。生活总没有想象中那么幸福，但不那么完美的牛排和因为冰块融化变淡的茶水偏偏更加真实。

“这是我在这家店里最喜欢的一首歌。”

“叫什么名字？”

“‘Painting by Chagall’，大概讲的是城市里面的一对情侣，虽然渺小但是忠贞的爱情吧。”

“我以为男孩子都是喜欢‘21 pilots’或者‘Slimshady’那一类的呢。”

“你在想什么？”陆莼问道。

我回过神来。“没什么。”

我只是在想，即使是不完美的生活，有了有趣的人陪伴，也会变得幸福吧。

四

蓝天和清水环绕的水郡，究竟留给了陆莼怎样的记忆呢？徘徊在外的人，是不是因为孤独才会彼此走得更近呢？

陆莼走的那个周日下午，天偏偏下起了小雨。我坐在宿舍里，尝试着去准备第二天的西班牙语考试。心思不断地被打断，平时片刻就能记忆的单词，如今是怎么也读不进去了。也难怪国内的学校如此严格地限制情感关系。这东西，像香烟。你不去呼吸，不去吞吐，不经过五脏六腑，是体会不到乐趣的，但当你沉迷其中的时候，你就变成了一个愚蠢的瘾君子。这么比喻好像有些不当，根本不了解女生的我，也只能在脑袋里胡思乱想了。

手上的功课没什么进度，眨眼就到了吃晚饭的时间。罢了罢了，我想。放下手中的笔，我起身向食堂走去。国内留下的坏毛病使得我在黑暗中走路总是小心翼翼，即使是像我学校里空空荡荡的水泥路，即使上面没有一片落叶，我也总有一种随时会被什么东西绊倒的危机感。我将此归咎于学校的照明设备太过陈旧，灯泡发出的并不是橙黄色温暖的光芒，而是幽蓝色，如月光一般透明的光芒。这样原本并没有什么，但当有女生跟你打招呼的时候，你因为没有看清对方的脸，没能喊出对方名字的时候，你就会了解我有多么讨厌那幽蓝色的灯光了。

伙食费是包含在学费里的，听说学校对食堂有很多补贴，我也没吃出那补贴的一份在哪里。无论哪里的食堂，总能轻而易举地毁掉健康的食材。快蒸化了的蔬菜，吃在嘴里面，竟然没有任何味道。至于如何分辨胡萝卜和西兰花,外国同学教了我一招——看颜色分辨。为了适应国外的习惯，我吃了不少苦头。夹着牛肉的面包叫做汉堡，而夹着炸鸡排的面包叫做三明治。想破脑袋也搞不清楚逻辑在哪里。

沙拉可选的配菜倒是蛮多，我这个人超爱吃玉米，那种又小又甜的水果玉米，可能吃多少都不会腻。但是今天玉米的位置被讨厌的黑橄榄占据了，我夹了几片生菜，洒上一些恺撒酱，想就这样糊弄我的胃。

“你看起来超惨，怎么了？”数学课的同学 Jon 拿着餐盘坐在我对面。这是一个头发微卷，身高瘦长的白人男孩。最近不知道犯了什么毛病，剃了一个光头，看上去就像刚刚从看守所放出来的药贩子。他盘子里的三杯巧克力奶摇摇晃晃，看起来随时要翻。

“你是水桶吗，喝这么多？”

“你是吃药了还是怎么的，怎么这么兴奋？”

“没有，我就是累了。”

“别不开心啊，你看看，食堂里的女孩，你最喜欢哪个？”Jon 显然是不怀好意，我也不高兴搭理他，他指了指正在饮料机前打汽水的女生说：“那个，站在饮料机前面，今年才转过来的，怎么样？”

“十年级的女生？”我瞟了他一眼，说：“你是喜欢这姑娘吧。”

稍微有些黑的皮肤，棕色的卷发，看上去有些印第安人的血统，这个年纪就有这样的身高，一看就不是我喜欢的类型。

“你觉得怎么样？”

“配你的话绰绰有余啦。”

“切。那个呢？对你有没有吸引力？”他又指向我脑后。

我的西班牙语老师出现在我眼前。

“你吃错药了吧，她是不是怀孕了。”

Jon笑疯了，他缓了好一阵，跟我说：“她这几年的肚子也没有见小过。”

“嘲笑别人的外表不太好吧，嗯？你是不是西班牙语想得一个F？”

“我已经修到西班牙语二了。”他把满满一整杯牛奶放到我的餐盘里。“尝尝我爱喝的。”

我接过他的牛奶抿了一口，“该死的，你是吃糖长大的吗？”

走过我讨厌的幽蓝色小道，木篱笆围着的田径跑道传来青草的气息。明知这是深秋，这浓郁的新鲜味道化作一道清流，指引我向前走去。不远的前方有一头鹿，我没有任何时候比此刻更加向往去接近一只动物。我静悄悄地、弯下身子向鹿走去，像经验老到的猎人，但我手中没有握着上膛的步枪。不知道什么植物让我的脚踝有些瘙痒，我想伸手去挠，却发现自己已经不受控制了。而那鹿，那鹿就这么直盯盯地看着我，没有逃跑的意思。月光穿透过树荫，恰恰照亮了它身边的土地，那是一只多么娇小的鹿啊。它身上的毛看上去顺得出奇，头上没有角，这是一只母鹿。

当我就要用指尖触碰到它的时候，它却向后退了一步。它缓慢而又自然，我伸出去的指尖就这么停在了半空。

我开始奔跑。开始追逐眼前那头鹿，我深知按照自己的速度一辈子也碰不到它分毫，但那头鹿始终在我的视线中。我不甘心，因为那只小鹿那样怡然自得地踱步，我却赶不上与它之间的距离。小腿传来一阵酸痛，我放慢了脚步，它也停了下来。我这才注意到它身上的斑点无时不刻不在闪耀着光芒，我全身被汗水浸透，大口大口地喘气。

“别跑。”大概是因为太累了，我傻到尝试与动物对话。

它扭过头来，用咖啡色的眸子看了我一眼。我感受不到投射过来的眼神，准确地说，那双眼睛并没有看向任何东西，但是飞快地眨着。脚下的泥土正在融化，此刻的我顾不得这些，我想要纵身一跃，紧紧地抱住它。它灵巧地躲过，然后跃入丛林中，消失不见了。

追赶不上猎物的猎人被土地吞没。

我放弃挣扎，想要获得属于我的宁静。

我不记得我是怎样回到宿舍的。

我的头发挂着树叶，鞋子上全是恶心的泥巴，衣服好像被尖锐的荆棘划了许多口子。

“你跟人打了一架？”回宿舍的动静惊动了已经准备睡觉的Dale，他一脸见了鬼的表情看着我。

“不。走路上摔倒了。”

我现在没有心情搭理他。我在努力集中注意力，但不管我如何在大脑中尝试说服自己，那只鹿的确真的存在过，但我追赶它的过程实在荒谬，以至于任何细节都回想不起来了。可怕的是，那只鹿望向我的眼睛，那没有方向的眼神，从四面八方射来。

我可以毫不夸张地说，那眸子和陆莼的长得一模一样。而那眼睛一眨，我的困意便涌上来，很快就睡着了。

五

我试过拨打陆莼的电话，但电话一直是忙音。我发过短信，但是没有任何回复。陆莼这个人，就像是人间蒸发一般，从这片土地上消失了。

十一月，天气变得更凉了，再过不久，就要进入冗长的雪季。

学校大多学生都是住宿的，所以上课的时间特别早。每天七点半就已经开始上课，这也导致我经常在前两节课的时候打瞌睡。老师也知道这是没办法的事情，所以尽量会把课程安排得不那么紧凑。到了下午一点钟左右的光景，我一天的课就结束了，剩下来的时间基本上是自己打发掉了。

我的课业完成得还算不错，小聪明加上同学之间的互帮互助，也算是混了个能向家里交代的分数，只要在期末之前不出什么问题，我应该可以过一个很棒的春假。

而最近我唯一苦恼的事情，就是生物课的解剖实验，那次生物课，是我高中生活的噩梦。

一只死了的青蛙肚皮向上，四肢被钉在解剖台上。这钉在板上的造型，就像为人类牺牲的基督被钉在十字架上。我望向身旁的实验同伴，一个金色头发的女生，眼睛里写满了恐惧。

我一边忏悔，祈求青蛙原谅我解剖它死去的身体，一边用较小却沉甸甸的手术刀插入青蛙的身体。在我从上至下划刀的时候，青蛙的血不知道怎么溅了出来。紧接着，我听到一声尖叫，原来血溅了那女生一脸。我发誓，那声尖叫，比被剖开肚腩的青蛙恐怖多了。

可怜的姑娘从厕所回来以后，两手一摊，坐在凳子上一动也不动了。眼睛无神地盯着桌子，像是把工作全部推给我了。

而独自与内脏搏斗一整天的下场就是：看到肉制品就有想要干呕的感觉。

说来惭愧，我倒是曾经有成为一名医生的梦想。可学医比一般专业辛苦得多，而光是生物这与医学稍稍挂钩的课程就够令我头疼的了。我又想着成为一名兽医，每天与小动物打交道，给猫狗看看病，也挺悠闲自在的。随着时间的推移，我发现这世界上可不只有猫狗，还有猪马牛羊等等气味难闻的动物。而医生也不只是摆弄一下听诊器，也需要进行惊心动魄的手术。我学医的计划就这么泡汤了，以至于我现在特别尊敬外科医生，毕竟开膛剖肚这种事情，可不是一般人都能做的。

回到宿舍，心情并不是很愉悦。好在今天没有其他的课了，下午的钢琴课也早早地去取消了，现在我倒是可以在床上躺一会儿，好好地休息一下。我随手抽了一本书柜上的书，是英国作家伊恩的《水泥花园》，写的是一家四口生活在孤岛一样的房子里，父亲和母亲相继因为疾病死亡，孩子为了不被拆散，就把母亲的遗体用水泥砌在了家里的衣橱里面。奇怪的阅读品位倒也不是后天培养出来的，小的时候我喜欢看一些日本作家的作品，像是三岛由纪夫或是吉本芭娜娜，像时下流行的什么东野圭吾之类的一批作家，我也看过，但看着也提不上兴趣，最多当作睡前读物。

我觉得好的文学作品倒不一定要写得荡气回肠，几十个不同的人物各自有独立的人格，洋洋洒洒几百页的文字把人读个半死。我看书喜欢讲究连续性，当天能读完的书，我绝对不想拖到第二天。若是有什么书没有看完,我一天都能想着它里面的故事，主人公最后怎么样了,诸如此类的问题。所以我更偏爱薄薄一本、但一个晚上就能读完的故事，小而精的开本，就是现在我书架上所有书的写照，毕竟我读书，只是单单闲着无聊找找有意思的事情做打发时间，并不是要去给自己冠上一个资深读者的名牌，成为天天跟书较劲的那一类人。在我看来，读书也好，写东西也罢，只要自己能静下来干一件事情就好了。

我把《水泥花园》拿在手上翻了翻，这本书我早就看过了，如今也就是回味一番。倒也不是什么好书，只是一个我没有预料到的故事。上完了最后一个时间段课程的同学陆续回到了宿舍，我现在能清晰地听见咚咚当当的开关门的声音，通常这个时间，他们冲回宿舍，是要换上运动的衣服，然后出去出一身大汗的。

陆莼的电话在巧妙的时间拨打了过来。

“喂？”慵懒的声音从听筒传来。

“你是才睡醒吗？”

“是啊，早上的课上完之后，回到宿舍一觉睡到现在，连午饭都没有吃。越是临近学期结束，身子就越懒呢。”

“你提到吃的，我肚子也有些饿了。”我把手机放在肩上用脑袋夹着，打开冰箱的门开始翻找有没有什么能吃的东西。在冷藏柜里发现被冻得像冰块一样的“奇巧”，想都没想就撕开外皮丢在嘴里。

“我说你，在吃什么啊？”

“翻了半天冰箱，只有一根咬不动的巧克力。”

“心疼你啊，如果肚子真的饿了的话，就叫外卖吧。”

“你以为我跟你一样在大城市念书吗？我这个镇子上，只能叫到比萨外卖。比萨上总是有超多的意大利辣香肠，美国人超爱吃，我吃了几次就厌了。”

“我说啊，你感恩节要待在学校吗？”

“再待下去，不是生锈了，就是饿死在宿舍里面了。”

“那正好，你坐火车来芝加哥，感恩节我一个人怪无聊的。”

芝加哥，每次来美国的必经之地都是奥黑尔机场，每次匆匆路过这个城市，这样想来，连一次都没有游览过。

出去玩，谁不喜欢呢？更何况是和陆莼。

若是有人鼓吹美国的交通发达，我是绝对不同意的。

车过站只停留几分钟的时间，铺着蓝色布的座椅散发出怪怪的味道，火车并没有车厢等级之分，除了火车头尾，其他的座位都是一样的。车厢内部的构造倒有些像国内的高铁，只不过大家都是随意坐的。座位是用印花的布包裹着的，深蓝色的印花有些陈旧，并没有让人想坐上去的冲动，这一定是一辆使用了很久的列车。

去芝加哥的火车可能还是挺繁忙的路线，车上的人明显很多，想要找到连着的空位很难，坐在陌生人的旁边又总让人不放心，我背着我的包，走了好几节车厢，总算是找到了空位。火车上的时间是很难打发的，我看了看手机，如果这么一路玩下去，我很可能到了芝加哥就找不到陆莼了，所以手机是无论如何不能碰的。我开始后悔包里没有装一本我喜欢的书，这么说来，有读书的习惯真的是一件无可挑剔的好事。

无聊使我的目光在车内四处游荡，左前方的金发中年女子连着车上的无线网跟不知道什么人聊天，她发出笑声的时候一颤一颤的,感觉像是喘不过气来。同一侧的黑人拿着前几年的游戏机，玩着我以前玩过的足球游戏，他带着耳机，身子倒是坐得很直，只是他每次控制自己的球员带球冲刺的时候，身子也会跟着向一侧扭曲，看样子是完全投入到游戏里面去了。

向着车外望去，外面是一片片的玉米田，偶尔有车间一样的建筑，美国就是这样，除了几个大城市，其他地方的人口密集程度是比不上很多国家的。今天天气倒是不错，我记得小时候坐在高速行驶的汽车里，那时候不懂事也不知道危险，我会把手伸到窗外去，去感受行驶时产生的气流。气流穿过手掌，带来的不是刺痛的感觉，虽然每次被家人发现都会喝令我收回手掌，但我总偷偷地把手伸出窗外，乐此不疲。我对父母说，如果我的手摆成握着什么东西的造型，气团就会变成那个造型，滑滑的像肥皂一样，很舒服。气流擦过皮肤的感觉很舒服，就像是在清洗你的皮肤。我就是爱活在自己的世界里，并且和自己无聊的小发现玩得津津有味。

这也许是一种祝福。

随着时间的推移，即便过了十几年，我看着外面的田野屋舍，好像又回到了以前那个无忧无虑的时候，这也不能算是对过去的一种怀念吧。只是心情好的时候，总能回忆起一些令人不自觉微笑的事情。其实仔细看看生活里的人、事、物，对着这车厢里的人、事、物，都是一样的。我们啊，都有一个发现自己的过程，然后又开始慢慢爱上当初发掘自己的那段时光。

这是一节安静的车厢，其实是我的心静下来了，周围的人再也没办法打搅我了。今天是个好天气，至少现在列车开过的地区天气不错，我没想过秋日的阳光透过玻璃也能给人暖暖的感觉。我想闭上眼睛眯一会，因为芝加哥是终点站，我是无论如何也不会坐过站的。

放假的轻松和即将见到心上人的期待集合在一起，怕是世界上最幸福的感受了吧。

我和陆莼约定在车站门口见面。

联合车站反映了美国文艺复兴时期的建筑特色，石柱、吊灯都让人感觉这不像个车站，而应当是专门举行宴会的大厅。

我走出华美的车站，一眼就看到了道路一侧的陆莼。她穿一件黑色风衣，没有戴帽子，头发被风肆意地撩起。系在脖子里的围巾是这几年的流行款，其实这些经典配色的单品，放在什么时候都不会过时。

今天的火车不知道怎么的有些延误，按理说是不会发生的。我怕陆莼等得有些着急，快步向前去找她。气温还是有些冷的，我注意到她缩在袖子里的手，她夹紧包，也不是一动不动地站着，而是一只脚悬空，一只脚支撑身体，然后交换着位置。

“你怎么才到啊，好慢啊！”陆莼嘟着嘴，似乎有点不高兴。

“我恨不得这火车飞过来。”

“我可是一直在给你打电话呢。”

我这才想起我还带着手机这一回事，拿出手机确实看到了她一连串的未接电话。

“我错啦，我错啦。刚刚在火车上睡着了，下车的时候走得匆忙也没注意。”

“算了，原谅你啦。”她的眼角弯弯的，倒也不是心情不好的样子，“不管怎么说啊……”

她扑倒在我怀里，我一时没有准备好，左脚向后迈了一步才维持住重心。即使隔着厚厚的大衣，我好像也能感觉到陆莼的体温，还有她身上不知道什么牌子淡淡的香水味。

“又见面啦！”她说这话时想必是非常开心的。

我用双手把她搂入怀中，轻轻地将头靠向陆莼的头。她轻柔顺滑的头发划过我的脸庞，我却没有感受到痒意。

“又见面了。”我在她耳朵边轻轻地说。

芝加哥的风，果然出了名的大。风城的风刮得我们两个头发凌乱，好不容易有点浪漫气息，被这又冷又野的风刮得一干二净。

“走啦。冷死了。”陆莼冲着我傻笑。

我此刻可是一点主意没有，就任由陆莼领路了。

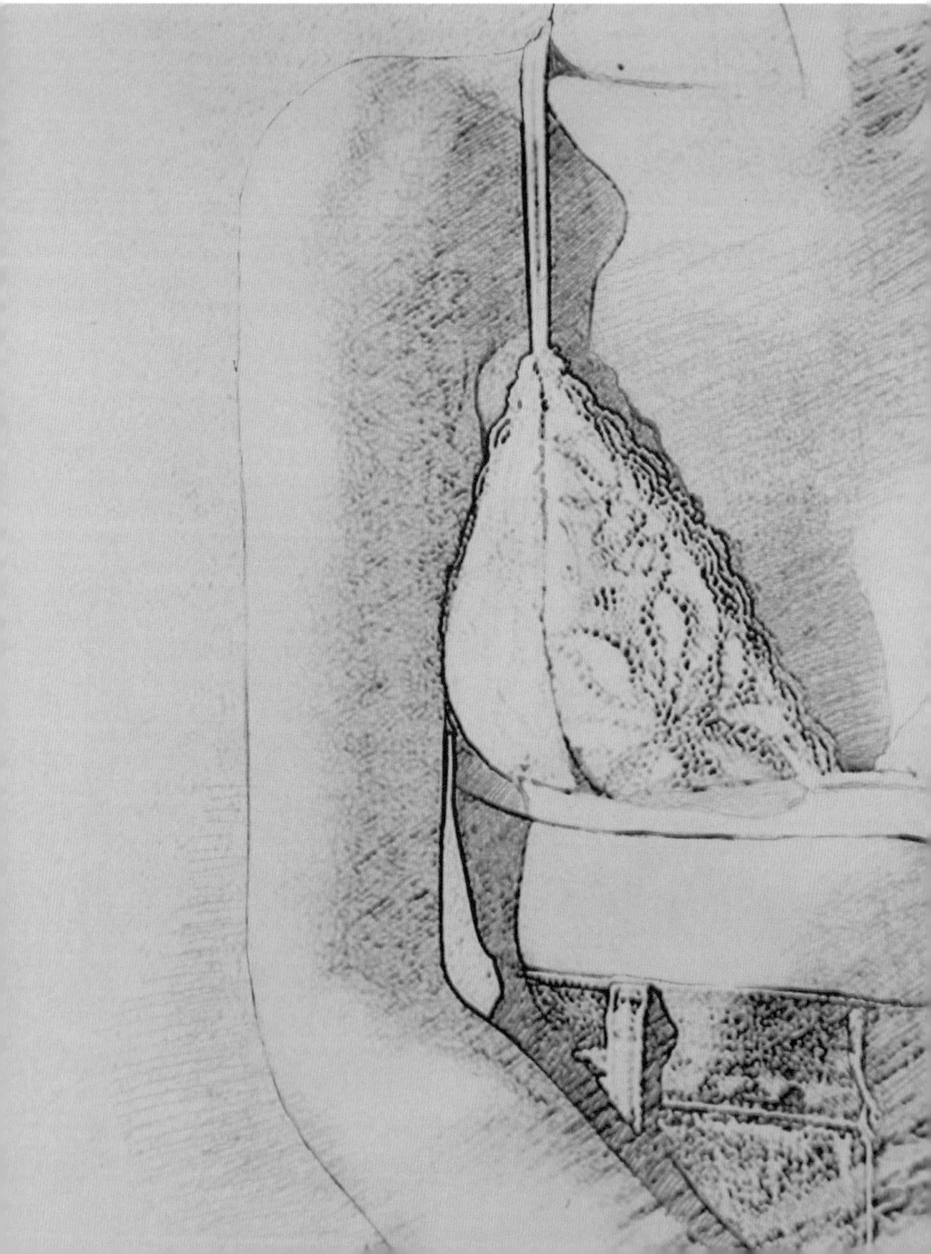

从车站出来，就是 Loop 区了，可以说是芝加哥的市中心。

“郁予。”

“嗯？”

“你连旅行箱都没带啊。”她在我身上搜寻了半天，发现除了随身的背包我什么都没有带。

我本就不爱太多负担，能不带的行李就尽量不带了。何况感恩节期间商店有打折促销，我是准备直接买了穿走的。

“带那么多行李做什么啊？”

“你这个人，难道每天不要洗澡换衣服的？”

“到时候直接买就行了，都来芝加哥了，还怕没衣服穿吗？”

“连内衣都没带？”

“连内衣都没带。”

陆莼眯着眼睛看着我，“你不介意的话，可以穿我的。”

“被别人看到，会以为我是变态的。”

“怎么会被别人看到呢？”

“你想想啊，上厕所的时候，不小心露出了蕾丝边的内裤，旁边的哥们要是看到了，肯定觉得我是个同性恋啊。”

“同性恋怎么了，现在同性恋那么多，不差你一个。”

“说得也是。你何不猜猜我包里都装了些什么东西？”

“嗯……让我想想，换洗的衣服自然是没有的。”

“嗯嗯。”

“男生会随身带什么东西？不过你这样的人，不能去用正常人的思维去思考。按照你这么问，是不是给我带了礼物。”陆莼露出欣喜的表情，“快拿出来给我看看。”

“什么啊，我自己都没说要给你带礼物，你怎么都开始要了？不过，我倒是带了相机。”

“带相机做什么？”

“拍几张芝加哥的照片，拍几张你的照片。”

陆莼转过身，双手插在牛仔裤口袋里面，冲着我傻笑。

“现在就拍一张吧，让我看看你的水平。”

我翻开背包，掏出里面买了很久却没用几次的奥林巴斯微电相机。取景器瞄准了陆莼，我们的上方就是列车的轨道，不时有列车开过，陆莼身旁建筑的红砖与水泥地面有说不清道不明的谐调，不必说行道树旁摆放的花朵，单单是这层次分明的景色，已经是一张好照片了。

陆莼灿烂的笑容早就已经准备好了。不，她这样的女孩子的笑容，是无时不刻不挂在脸上的，已经成为她身体的一部分了。绿色的对焦框对准了陆莼的脸，街旁的景色固然美丽，在我眼里，却抵不上她万分之一。虚化景色，按下快门。

我按不下去快门。

对焦系统好像出了问题，无论如何，也不能把陆莼的模样拍得清楚。此刻的我，真是恨死数码相机了。我调试相机，想要弄明白是哪里出了问题。路边慢慢开过的车里，一个黑人小孩瞪大了眼睛盯着我看。

“怎么了？”

“我对不了焦。”

“好笨啊，我来，你站到那去。”

我把手中的相机递给陆莼，不情愿地拎着包站到了她刚刚的位置。我不爱拍照，与其说是对镜头充满恐惧感，不如说我是害怕看照片里的自己。如果你也尝试过盯着自己的照片看一个钟头，连自己的模样好像也变得不那么熟悉了。

我呆呆地站着，脑子里也没想要摆什么姿势。陆莼一直把眼睛对着取景器，嘴巴里还不忘喊:“你倒是笑一个啊。”自始至终，我也没笑出来，在大街上照自己的照片，果真是一件难为情的事情?

“现在换我了，相机没问题，你认真一点。”

“好，好。”

拿回我的相机，陆莼的脸庞在取景器里逐渐清晰，轻轻按下快门，数码相机发出清脆的快门音。我给陆莼拍的第一张照片就这么诞生了。

“郁予。”

“嗯？”

步入千禧公园，看上去像是游客的人明显增多了。后现代主义风格的公园完完全全吸引了我的注意力。这里无论是建筑还是雕塑都与外面的钢筋混凝土四方楼有着截然不同的视觉感受。皇冠喷泉处，竖立的屏幕交替播放着人脸的照片，不时从人嘴里吐出水柱。若不是快进入冬天，在这里玩水的孩子一定相当多。

“你刚刚想问什么？”

“我想问你喜欢什么样的女孩。”

“为什么要问这个。”

“好奇啊。”

“那你猜猜看。”

“我猜你喜欢性格温和内向的女生。”

“不，不是。”

“嗯？”

“我喜欢两种类型的女生。一种是从头到脚都很热情的女生，还有一种是表面不表现出来，但是心里很热情的女生。”

“特别热情的你不会厌倦吗？”

我有些愣神，这是我从来没有考虑过的问题。

“你是属于激情来得快，去得也快的那种类型吧。”

“你倒是很懂我。”

“我只是很好奇，你这样的男生，脑子里成天都在想什么。”

“什么都不想，什么都不敢想。”

“当真以为我好奇？”陆莼装出不服气的样子。

“我倒是可以猜出你喜欢什么样子的男生。”

“说说。”

“长得帅的不一定对得上你胃口。”

“身高比脸重要。”

“但不管怎么说，长得好看的，还是会有加分吧。”

“这点男女都一样哦。”

“我觉得只要两个人投缘就好。”

“你倒是有点老年人的感觉。”

“真的，喜欢上了，就根本控制不住呢。”她顿了顿，又说，“死活要撞南墙。”

“不管怎么样，总有压制的办法。”

“压制久了，就不怕心理扭曲，或者干脆变态了。”

“来自变态的喜欢，听起来是一件相当令人着迷的事情。”

“哈哈哈，对于喜欢的人，有占有欲很正常吧。我就属于占有欲特别严重的那一种。”

“严重到什么程度，限制自由，绝对服从命令是吗？”

“那样子，不就成了奴隶了？”陆莼一脸不屑地看着我。“我啊，喜欢一个人，就想要他的身心啊，全部啊，都想要，灵魂也给我……”她像是在脑子里思考了一阵，怕是遗漏什么关键的项目，“人概就是这样。”

“你是要男生乖乖做你的好宝宝吗？”

“当然不是咯，索取是相互的，我是很乐于分享这些的。”

我们随意地走在城市里难得的绿中，千禧公园的地下其实是一个大型停车场，所以设计师在为城市添加绿化的同时，还没有忘记城市的用地紧张问题。这里的音乐厅经常有免费的演出，今天来得不凑巧，露天音乐厅的红色座椅上一个人也没有。

“我看你呀，只是需要一场普通的恋爱，那些占有，索取的问题就都能搞懂了。”

“才不是呢，人啊，是越谈恋爱越糊涂呢。”

云门就在前方。

“去看看。”我对陆莼说。

我想起《源代码》里杰克吉伦哈尔和女主角曾站在这里，有这样的对话：

“你今天想做些什么？”

“我们应该在这里多待一会儿。”

“我们命中注定要来这个地方，不是吗？”

我拉着陆莼，走到这个豆形建筑的下方。巨大的不锈钢雕塑有着如同镜面一般的外壳，站在我现在的角度，所有人都被放大并扭曲了，地平线也成了一条诡异的弧线。炽热的太阳光在不锈钢外壳上留下了耀眼的光斑，看着相当刺眼。可无论是专门前来的游客，还是路过此地的市民，都会驻足观看一会儿这特别的现代建筑。

“看着另一面或者无穷的面的我们,你会觉得人们更幸福了吗？”

“我不清楚。或许扑朔迷离的未来，反而更加体现了现在的美好。既然冥冥之中我们相遇了，那就给对方留个好印象吧。”

而我越是看着镜面反射中的自己，越是觉得身旁的一刻都那么不真实。我紧紧抱住了身旁的陆莼，这个动作让她吓了一跳，僵硬的身体缓了好一会才瘫软下来。陆莼身上的味道还是那么好闻，她口中呼出温暖的气息让我的耳畔有些湿润了，衣服的吱吱摩擦声也变得动听。

“你该不是喜欢上我了吧。”我怀里的人颤抖着，明显是在嗤笑。

三分钟热度的男人，怕是说的就是我吧，但对于陆莼，我可是无时不刻不在挂念着。她就像是全天下最可爱的动物，我可是一发不可收地迷恋上了她呢。

我拿出相机，通过反射可以清楚地给我和陆莼留下一张合影。我并不太在意拍摄的角度，因为无论从哪一个角度都能找到我和陆莼的影子。在云门下，我们笑得很开心。在云门里，我笑得很甜蜜。

若这巨型的银白色反光不锈钢建筑是上帝的眼泪，那么此时穿过上帝眼泪的我们，是否有机会触摸到天堂的门槛呢？

六

时间还早。

“想要吃什么？”我问陆莼。

“吃肉！想要滋滋作响、冒着油烟的烤肉。”

走进一家日式烤肉店，据说在芝加哥当地的留学生圈子里很是出名，好像也是有连锁的。虽然门面不大，但是木质的入口和周围的建筑格格不入，倒也好找。门内是一排座位，应该是留给忙碌时期排队的客人使用的。早就过了吃饭的点了，店里的人还是很多，嘈杂的环境很容易让人联想到国内的烤肉店。

“我以为女生都会喜欢去西餐厅一类的地方啊。”

“西餐厅也好，还是其他的什么饭店也罢，没人邀请的话，我是绝对不会一个人去吃的。”

“是啊，一个人吃饭，真的算是最寂寞的几件事之一了。”

进了店里才发现这家烤肉店的面积不小，当地的留学生或者亚裔也一定没少照顾生意。我们坐在了普通的两人桌，桌子的中间是陷下去的烤盘。前来服务的服务生是典型的亚洲人面孔，她寒暄了一下，就开始介绍自己，我们这片区的几桌，都是她服务的范围，这样管理员工倒是很人性化，至少不会出现服务员满场乱窜，秩序凌乱的情形。

“是中国人吗？”她听见我和陆莼的谈话，问道。

我有些欣喜，是没想到在这里能遇见同胞。“刚刚跟你讲了好长时间英文，现在想想，好奇怪啊。”

“没事，已经习惯了。经常能遇到你们这样的学生，见着说英文的也是大多数。但如果我听到你们用中文交流，还是会来打个招呼的，大家在国外遇到，也算缘分。”

“那还真是谢谢你了。”我对这家烤肉店的亲切感油然而生。

她向我们推荐了当季的特色，还有店里受人欢迎的菜肴。白花花的五花肉贴在烧得炽热的烤盘上，发出滋啦滋啦的油溅声，只有吃烤肉才有的烟从烤盘上飘起，大部分被烤肉盘上方的抽油烟机吸掉了，只有少许飘了出来，让人闻到了浓浓的肉味，食欲大增。

“我也去老师家吃过烧烤，但比不上这个。”

“自己家弄烧烤，应该也是相当有情趣的啊。”

“哪儿啊，他们美国人，一顿烧烤全是白花花的香肠。那种摆在户外的烧烤炉上，摆得满满的全是香肠。我第一次到老师家烧烤，本指望着大吃一顿的，所以一开始吃香肠的时候特意少吃了一点。”

“结果呢？”

“结果一盘香肠烤完了以后，我以为他们会从哪里端出腌过的鸡翅或者牛肉串什么的，但他又拿出了一盘香肠，你能体验我当时那种绝望的心情吗？”

“你啊，人家请你吃就不错了，香肠至少是肉啊。”

“我知道不能贪得无厌，他们吃得也开心。可是，我当时就想着，好不容易吃一次 BBQ，总不能光吃香肠吧，总要来点不一样的东西，哪怕是串着的蔬菜啊、辣椒啊、蘑菇啊，所以我当时就假惺惺地去问老师的女儿，觉得他爸爸的手艺怎么样。”

“他女儿怎么回答？”

“他女儿眨了眨眼睛说她爸爸的 BBQ 比她在外面吃的差远了，下次有机会，让我跟她们一起去吃别的地方的 BBQ。我啊，觉得聊天偏离的话题，我关心的是今天是不是只有香肠吃，我赶紧问她，除了香肠，还有没有别的什么东西吃。”

“有吗？”

“她跟我说有啊，还说是她最爱吃的。我当时那个开心啊，以为自己总算能吃到正经的 BBQ 了，鸡翅、肉串什么的好像下一秒就能吃到了。结果等香肠吃完以后，他们拿出一大袋棉花糖，开始烤着棉花糖吃了。”

“心疼你啊。”

“我又不喜欢吃甜的东西，又吃了太多油腻的香肠。那天真的是不愿想起的一天，我现在在这里吃上烤肉，才想起那段悲惨的经历。我啊，经过那件事，学到了两个教训：一是，永远别觉得美国人的 BBQ 很丰盛，尤其是人多的情况下；二是，向美国人问问题，一定要直来直去，千万别想着绕着弯子问。”

“我看，你就是被宠坏了。”

“我啊，倒是希望有谁能在这里好好宠宠我。”

我拿着烤肉夹，按着被烤得焦黄的肉，肉里的油渗出来，烤盘上滋啦滋啦的声音变得更明显了，一阵一阵的。“我说你，怎么跟个小孩一样，油溅得到处都是，马上身上会有味道的。”但我听着这声音，身体就不自觉地舒畅了起来。说到底啊，我还是个肉食动物。

有趣的是，随餐附赠的甜品，就是两串棉花糖。只不过里面包着巧克力，在烤盘上加热了以后，原本松软的棉花糖变得干干的，配上里面有些融化的巧克力，确实是难得吃到的好吃又有趣的食物。

出了烤肉店，陆莼说想带我看看芝加哥的夜景。

芝加哥的夜晚并不宁静。不时有警车飞驰而过，警笛声贯穿了整个城市。每一个街区，都能看到三两成群的警察。他们不像白天那么友善，聊天的同时观察着周围的行人。这是一个不安分的城市，也只有夜晚，才能显露出它的罪。

“我啊，本以为芝加哥是个危险的城市，现在看看，除了警车比较多，也没什么特别的。”

“你现在在市中心，而且是游客身份当然觉得没什么，我的同学也有被抢劫过的。总之，不要往乱七八糟的区域跑，其实啊，越是人种混杂的地方，越是危险。”

“唐人街也危险吗？”

“哼哼，这我倒不知道。不过我第一次去那一带，就有穿得破破烂烂的黑人问我要不要买 Tissue，我还在想，为什么这个人在大街上卖餐巾纸啊。等我凑近了看，发现他手上的小袋子里白花花的粉末，这才知道 Tissue 指的是什么东西。我吓得赶紧说，不用不用，然后过了红绿灯跑走了。”

“卖给你这样子的人，想想也做不成生意了。”

“我这样子的怎么了，你别看我好像什么都不懂，我们这些在大城市里读书的，可比你那个安详的小镇要过得糜烂得多。”

“可我听我同学说，水郡是全州海洛因交易量最大的镇子呢。我平时看那些 Pub 门口的人，总是怪怪的样子，很可能他们就是毒贩子。”

“人家才不会傻到在门口交易呢，你以为所有人都和你一样蠢啊。”

“告诉你个小秘密啊，其实我有的时候，也想尝试一次那些不好的东西是什么味道。就像是以前有同学抽烟啊，递给你的烟拒绝了几次，也会想要拿着吸一口的。虽然知道是不好的东西，但是捏爆烟嘴里的珠子，就能吸到有气味的烟，想想都是一件很性感的事情。”

“你可千万别啊，我也不是讨厌抽烟的人。只是觉得啊，现在这个年纪，干些其他的什么事情不好么，天天跟自己过不去，折磨自己的肺，以为在做一件很酷的事情，其实是很愚蠢的。”

“我知道。”我点点头，搂住陆莼，“抽烟也好，干什么坏事也罢，哪怕是过早年龄的爱爱，为什么会有人去做呢？因为我们明知道这是一件坏事，但是做这些坏事的一开始，心里的刺激感是什么事情也比不上的。说到底，还是觉得自己做了坏事，好像就不一样了，脱胎换骨，变成一个更跩的自己了。”

“别给自己的幼稚找借口，说到底，你就是活在自己的世界里面。”

河水从芝加哥中央商业区缓缓流过，两岸灯火通明的大厦倒映在河水里的，是一条条平行的金色射线，如同花火一般。此刻，我和陆莼站在通往近北区的桥上。时间已晚，道路上已经没有多少人了。对岸两幢酷似施工未完成的玉米楼，是一条街最特别也最昏暗的建筑。玉米楼下的餐厅倒是一直亮着灯。

“在城市里的人，怎么样寻找自己的存在感？”

“存在感，你是说安全感吗？”

“不，不是。把你和几百万人丢在一个大都市中，你们互相各不相同，你要怎么做才能证明自己来过这里呢？”

“何必要挖空心思去证明自己的存在呢？做一个漂泊不定的旅人，有的时候，并不比做一个安居乐业的人差哦。”

“我只是总有一种随时会被这个世界放逐的感觉。”

“看那儿。”陆莼手指着桥下。

一对情侣坐在桥下沿湖的台阶上接吻。

“但愿她的口红很好吃。”

“你啊，我只是给你指指下面的一对情侣，你怎么关注到人家的口红上去了。不过我倒是很好奇,你喜欢什么味道的口红,嗯？”

“我喜欢……等等，口红真的是有味道的吗？”

“有啊。”

“我现在倒有些羡慕女生了。”

“为什么？”

“每天都能决定自己的心情啊，想要甜蜜的一天，就涂上水果味的。如果是一个好吃的女人，可以涂上牛肉味的口红。你们女人啊，每天抿一抿嘴，就能解决馋瘾了。”

“哪有那种奇怪味道的口红啊，这种东西，也只有你这种无聊的人才能想得出来。你说说，什么颜色的口红好看。”

“自然是，抹在嘴上，淡淡颜色的，让人看不出抹了口红，但又改变了嘴唇颜色的。其实我也说不出来是怎么样的颜色，总结出来，大概就是涂上去让嘴唇变得晶莹剔透的效果吧。”

“那你看看我嘴上的，好看吗？”

陆莼把嘴凑过来，桥上的灯光并不足以使我看清陆莼嘴唇的颜色。我伸出手指，捏了捏陆莼的下唇，充满弹性的嘴唇与牙发出了啪嗒的碰撞声。

“你干什么啊？”陆莼一把抓住我的手，有点生气的问。

我的手上倒没沾到口红一样的东西，除了一点陆莼的口水。

“颜色无所谓，最后接完吻都是一样的吧。”

“你现在倒是明目张胆。”

我也不知道哪里来的胆子对着她的嘴亲了下去，这要放在平时，是绝对不可能发生的事。你现在要说陆莼是有特殊魔力的，我也相信。她总能让我自然地去做一些情侣之间的事情，在这同时又没有难为情的感觉。

这就像一只嗅觉不灵敏的老鼠。一只滑溜溜、通体晶莹的蛇看准了猎物，不停地进攻。蛇用身躯紧紧束缚住了它的猎物，猎物拼死挣扎。猎物只觉得喘不过气，蛇收缩得越来越紧，它张开嘴巴，准备将老鼠吞入口中。

难受的老鼠在此刻终于明白了一个道理：乖乖等死也许会让

自己舒服一些。没有还手能力的老鼠就这么被击溃了，但在被吞进去的前一刻，老鼠的脑中有了连自己都害怕的想法。

老鼠觉得：没有什么时候，比被吃掉更快乐了。

后背传来一阵痛，原来是撞到栏杆了。我松开陆莼，或者说，她放开了我。要我说，没有什么比接吻更考验两个人的默契了。我也不是第一次和女孩接吻，说到嘴对嘴的默契，陆莼跟我是最好的。有的女孩从头到尾，舌头都不肯动一下的，会叫人很扫兴。而如果动得太过猛烈呢，你又会觉得自己过于被动了。陆莼的嘴唇倒是相当有特点，是那种让人忍不住亲下去，含着不放的类型。

“这口红的味道还可以吗？”

“怕是有些太过湿润了。”

“我看你明明就是很喜欢。”

“抛开口红不谈，单单论吻技，我还说得过去吧。”

“勉强还算可以的，你以前跟谁偷偷琢磨技巧的？”

“初吻的话，大多数男孩不都应该是和自己的初恋吗？可是当时不懂，觉得碰一碰嘴唇就已经算是天大的事情了。当时也闹了一些尴尬的事情。”

“什么？什么？你倒是说啊。”陆莼好像很感兴趣，一再地追问我。

“你知道接吻的禁忌是什么吗？”

“不能动手动脚？”

“你在想什么啊，只论接吻。”

“单是接吻的话，咬到舌头吗？”

“那时候哪懂什么舌吻啊，无非就是碰碰嘴唇，也不敢瞎想。”

“猜不到了，你告诉我吧。”

“我接吻的时候，是有个坏毛病的，就是亲着亲着，眼睛就不自觉地睁开了。第一次看到女孩专心致志羞红的脸，一下子就呆住了，嘴上也没了动作。”

“然后呢？”

“也许她是觉得我没动作了，就也睁开眼睛瞧瞧我在干吗。我们就这么大眼瞪小眼，对视了好久。当然嘴巴还是贴紧的。然后我就笑了，就这么一笑，苦苦营造的神圣的感觉一下子就全没了。”

“我现在有些心疼跟你接吻的女孩了，你不会跟我接吻的时候，也睁着眼睛吧？”

“没有，你给我的感觉，完全不一样。是那种想要好好投入的感觉。”

脚踩在橡木地板上，有些凉。

和陆莼接完吻后的几个小时，我有些恍惚。我从未想过与陆莼接吻。诚实地说，身边的每一个喜欢的姑娘，我都幻想过，唯独没有幻想过陆莼。如果一个人对另一个的人的情感到了迷恋这个层次，是不是只要看着她，就会呼吸不畅呢。

而陆莼给我的又不是这种感受。

我躺在宾馆的床上，水泥墙的现代装修风格因为搭配得体，房间倒也不显得冷清。周围是一片高楼，我顿时觉得自己被一片钢筋混凝土包围着，压得我直喘不过气来。奔波了一天，今天实在是累坏了。

谁又能想到，和陆莼的第二次相遇，我们就躺在了一张床上。

“不知道怎么的，我觉得现在特别不真实。”我对陆莼说。

“怎么不真实了？躺在大城市的酒店里，外面是灯火通明的高楼大厦，室内的温度不冷也不热，心里也没有负担。要我说，这样的日子，我巴不得天天都能过上呢。我的人生理想，就是要有落地玻璃，大的浴缸，大的镜子。”

“我问你，你知道人是怎么来的吗？”

“按照《圣经》说的话，亚当是泥巴捏的，夏娃是亚当的一条肋骨。”

我点点头道：“不错，你知道《圣经》中，使徒们是怎么形容人的吗？”

“怎么？”

我拿出手机，在网上找到了这段：

But we have this treasure in jars of clay to show that this all-surpassing power is from God and not from us. We are hard pressed on every side, but not crushed; perplexed, but not in despair; persecuted, but not abandoned; struck down, but not destroyed. We always carry around in our body the death of Jesus, so that the life of Jesus may also be revealed in our body. For we who are alive are always being given over to death for Jesus' sake, so that his life may also be revealed in our mortal body. So then, death is at work in us, but life is at work in you.（2 Corinthian 4:7–12）

"外界不断地向我们施加压力，我们却没有被粉碎。我们时而困惑，但我们没有绝望。我们会被现实打倒、击败，但我们没有因此支离破碎。我们因基督而活，所以他的生命会在我们身上体现。我在想，如果我们只是暂时存在于这个世界上，那么此刻的相遇就永远不能变成永恒了。我们终究会变得支离破碎。"

陆莼把头发撩至耳后道："那你有想过，容器破碎后，里面盛的东西去了哪儿呢？"

"自然是去天堂。"

"是所谓的上帝的天堂，还是你心目中的天堂？"陆莼直盯盯地看着我，审视的目光就像打量一个犯人一般，我被盯得心里发毛。

“所以，即使你知道自己最后要去的地方，还是会对现在所处的现实感到恐惧吗？”

“我单单是遇见你以后，才有自己的生活并不真实的想法。我怕我是得了什么妄想症一般的病，怕是今天累了，反应更为强烈了。”

陆莼笑着道：“还说你不信教，真要说起来，你脑子里是经常抽出空来思考这些的吧。”

“任何东西都有存在的价值吧，只要在这个世上出现了这个东西，总有它的功能。我啊，也不是抵触宗教什么的，只是它的有些观念，有些想法与我的不同，也没有直觉说服我的证据。想让人敞开心扉相信一件事，真的好难。”

陆莼坐起身子，把白色的枕头抱在了怀里。“没事，没事。”腾腾的声音变得愈发地温柔了起来。“我可是有办法让你敞开心扉啊。”

说着她就开始解身上的衣服，单排扣的衬衫脱下来倒是需要一点时间。她精致的手解扣子的手法倒是跟我有些不同，她是用大拇指和中指把排扣夹住，然后用食指轻轻推开一颗扣子，衬衫就慢慢地被打开了。这场面该怎么说呢,我理解凡事都有第一次，但是想着面前有个女生要脱光了摆在我的面前，我的心还是怦怦地直跳。我啊，理所应当羞涩一点把头别过去的，但又忍不住不去看，闷了一天都没解开的扣子现在解开了，换做是谁都要看看里面到底藏了什么东西。

我脑海里的波动极多，也想了一些乱七八糟的东西。陆莼的衬衫也彻底脱干净了，孤零零地被甩在了床的角落里面。我本以为像她一样身材消瘦的姑娘，腰间肋骨的形状应当相当清晰才是。我不自觉地把手放到了她的腰上，细腻柔顺的腰间皮肤跟暴露在外面的手臂皮肤有很大的区别。我是用从指尖到手心的每一寸皮肤在感触她的腰身的。怀里的人倒是如同没有骨架一般，我搂着她的腰,好像搂着一条乖巧的鱼。若是我现在用力抱紧了她，我真害怕她会被压扁。

一个人看你的眼神如果是痴迷的、崇拜的，并且能一动也不动盯着你看的，那这个人一定是无可自拔地喜欢上了你。我抱了她有那么一会儿，手也不老实地一直在轻拂。她坐在我腿上的高度比我稍稍高了一点，我的头刚刚好在她脖子的位置。我注意到她头发有些凌乱，快要把脸盖住了，我伸出一只手想要帮她理理头发，却被她一把抓住，不肯松开了。在男女情事方面，我尽显被动，其实心里是在暗自庆幸，如果陆莼不解开衣服，我今晚是没有勇气跟她亲密接触的。

“想要对着你的脖子狠狠咬下去。”我轻声地说。

“来啊。”她嘴唇动了动，好像是用腹语发出的声音。

真要我咬陆莼的脖子，我是舍不得的。但是她身上散发的无形吸引力让我无法抗拒，我吻上她的脖子，然后用力地吸了一口，留下一道深深的印子。陆莼的头是仰着的，但我明显感觉到她颤抖了一下。

“疼吗？”

“不疼。”她用牙齿咬咬了下唇，然后贴到我耳边轻轻地说，“我很喜欢呢。”

听到这话，我也不知从哪里冒出来的勇气，把陆莼背后的胸罩解开了。她发出轻轻的笑声，“如果让我喜欢上了你，你可就再也跑不掉了。”

是。我是一点点想要跑掉的冲动都没有。我啊，此刻面对的是陆莼单薄又不单调的乳房，不大，但是好看。挑逗调情什么的，我是一点也不会，我现在能做的，也只有专心地抚摸感受那独特的细腻与弹性。我吻上了她的左乳房，光滑又柔软，我不知道该怎么描述，只能带着崇敬又好奇的心理去体会它了。

深情的接吻。舌尖与舌尖的博弈，上唇与下唇的游戏。还能怎么说呢，带着感情的两个人相互舔舐，舌尖之间的挑逗，上唇与下唇的博弈，唾液作为辅助的润滑剂让接吻不至于枯燥无味，当两个人交换了唾液，毫不在意地把对方的唾液咽下肚的时候，感情的基础就沉淀了。

这就是恋爱吗？

今天让我爱上了两件事，接吻和眼神交流。

如果说接吻是单单爱上一个人的肉体，那深情的对视应该是能看透对方内心的，都想去你喜欢的人心里看看，看看对方到底在想什么，看看自己有没有一席之地。男生的心里，也一定有细腻柔软的东西，只不过怕被人发现自己的秘密，因而隐藏得比较深。倘若有谁能发掘出来，我想，属于男人的那份细致，也是不输于一般女性的。

我右手搭在陆莼的脸庞上，一边傻傻地盯着她看。潮红的脸是因为过于暧昧的动作造成的，可我为什么仅仅透过皮肤的传递，就能感受到她的心跳呢？

饱满的额头，我喜欢。

略向下的鼻尖，我喜欢。

轻薄的嘴唇，我喜欢。

还有嘴唇右下方小小的痣，我喜欢。

而此时陆莼的眼神，分明和我之前追逐过的母鹿一模一样。

我慌了神，我推开陆莼。

“怎么了？”

“没什么。只是想起了一些事情，今天就这样吧。”

陆莼侧过身，我张开双臂把她抱在怀里。

“你就不怕以后没机会了吗？”

“不怕。我怕的是——”

"你怕的是？"

我到底在怕什么呢？这眼神一下子好像就抽干了我，我只感觉心底很是沉闷，房间里的灯光好像也暗了下来。我到底在害怕什么呢？我怎么会从陆莼的眼睛里看到那只鹿呢？我害怕的是那只鹿吗，我喜欢的是那只鹿吗？

不不不，我努力说服自己，我怕的是，我怕的是……

我怕的是陆莼有一天甩开我的手臂，消失得无影无踪。

"我怕的是你就这么消失了。"我这样对她说。

她抱着我的手臂，也不知道说什么好了。

"你是觉得，我们相遇的时间太短，要真正在一起是不现实的吗？"

"你知道，我不是惧怕你凭空消失。我是惧怕，你从我的生活中，有准备地消失。我是怕，我们互相从对方的指尖一点一点地滑落，而自己永远也握不住。"

我有生以来第一次如此地相信安全感的存在，又如此地憎恨上帝赐予人类感情。

"可你知道吗？越是短暂而又美好的时光，我就越不舍得离开你。现在的我能紧紧地贴紧你，可是下一个小时呢，明天呢，明年的今天呢？我还能不能这样抱着你？”

我能清楚地听到陆莼的呼吸声，那本是缓慢的气息交换，在听了我这么一番话后，也变得不规律起来了。这样紧紧地抱着陆莼倒是令我好受些，我故意不去看陆莼的眼睛，也不刻意去想。我感到脑子一片紊乱，思绪也不是很清晰。简单地说，一种莫名的悲伤情绪涌上了心头。我不知道你是否像我一样体会过这种滋味，面部像是在抽搐，但是眼泪却怎么也掉不下来。其实有的时候,把悲伤的、痛苦的情绪通过眼泪排放出来,未必不是一件好事。

我轻叹一口气，用手捂住脸。我感觉自己失落又无助，面对现实无能为力而又可悲。

她一定是思考了很久也没有得出什么结论，又想不出安慰我的方法。她转过身子，吻了吻我的脸颊，说：“既然你如此地害怕失去，那么我们就做情人不好吗？”

听到这话，眼睛里一直想要流出的泪水一下子便抑制不住了。我想起出国前，在过安检的门口，抱得很紧的情侣，我记得电影里无数关于分别的片段，渐行渐远的火车，还有泪水止不住往下淌的人。那种苦涩不安的情感交织在我心里，可能已经是无法用排泪来解决的了。一滴滴的泪珠从眼角滑落，滑过脸颊，滑向下巴。

陆莼伸出手抹了抹我眼上的眼泪，说："别哭了，我不还在这儿吗？"

"我们不能是情人。我们应该是恋人，永恒的，永远不分离的恋人。能把时间永远定格在一刻的恋人。能在美好回忆里无限穿梭的恋人。"

说完这话，我是连讲话的能力也没有了。我哭出了声，鼻涕也不争气地流了下来，我不记得我有哪一次像现在这样伤心。可怕的是，我还没有失去什么，而仅仅是对"可能失去"感到的一份不安，就已经令我惶恐到手足无措了。

我现在的样子，一定是很狼狈吧。天底下一定没有比我承受能力更差的男人了。

"我之所以这么伤心……是因为，越是与你相处，就越发不可收拾地迷恋上了你。越是迷恋上了你……就越是珍惜这份感情，哪怕我们开始没有很久的时间，我却感觉像是过去了很久……

我想，我是在错误的时间里……爱上了正确的你。”

她轻轻拂过我的脸，我从未感觉哪个女生比得上她的温柔，我现在，就是贪婪地爱着她。爱她的一丝一毫，爱她刚刚到肩膀的微卷头发，爱她的每一个眼神，爱她呼出的每一口气，爱她轻薄的嘴唇。

我的感情生活好像才刚刚开始，紧接着就被自己作得一塌糊涂。陆莼说得没错，我这个人，总喜欢乱想。尤其是到了漆黑的夜里，尤其是一个人没有事情做的时候。我把这种“乱想”当作我自己的思考方式，也并非不是一种打发时间的好手段。作为一个男生，矫情成这个样子，应该是无可救药了吧。

我这才认识陆莼多久呢，真要算起来见面的时间，怕是要被所有人笑话。而我现在悲伤成这个样子，一定是我透过那只鹿的眼睛看到了什么。长久以来，我一直都在尝试逃避现实，没想到到了最后，连我自己都分辨不出真假了。

我想着，睡一觉，就什么事情都没有了。至少抱着陆莼睡觉，还能带给我一点点踏实的感觉，因为我知道我不会松手。

七

我想我睡着了有那么一会儿，迷迷蒙蒙中，我感觉陆莼好像在窃窃私语，我不确定她是在跟我说话，还是讲着电话，我太困了，困到我睁不开眼睛，连耳朵都好像被堵住了。一切都来得太过匆忙，这才导致我没有做足充分的心理准备。

可陆莼说的那些话，哪怕我无心去听，也慢慢地飘进了我的耳朵里。用清晰的语调，逐字逐句——

“我啊，给你个梦。”

从前的从前，有一个孤独的人，你如果看过童话故事，他就是那一类生下来就不知道自己父母是谁的小孩，或者说，他根本就是什么奇怪的玩意变成的人形生物。他生在没有记载的森林里，但他敏感又尖锐，他注定要成为一个猎人。这是一片富饶宁静的森林，四季分明，没有千丈高的悬崖峭壁，也没有湿润气候带来的毒性昆虫，只是每年的冬天特别冷，而且要下一场接一场的大雪。他住在这个森林的深处，从没想过到外面看看，因为这片森林实在太大了，他一辈子都没有走出去的可能。广阔的森林里，没有第二个猎人和他争夺土地，他可以说是这片土地的主人。

他像是生来就带着生前的记忆，虽然辛苦，还是在森林里面活了下来。每次出猎前，总要细细地打磨好每一个弓箭头，他知道尖锐的箭头能让被射中的猎物死得更快；他总要反复地尝试弓弦的弹性，他知道强有力的弓弦能让弓箭飞得更快更远。这些没有人教他，都是他自己在森林里面一点一点摸索出来的。

但是他很苦恼。

你也许会问，这样的人，怎么会感觉苦恼呢？也许他根本就不知道苦恼是什么样的感觉。说他是猎人，但是他最近连一只松鼠都没有杀死过；说他不是猎人，他确实天天带着他的弓箭外出狩猎。最近，他接连地失败，接连地眼睁睁看着猎物从自己眼前跑过。

他把责任归咎于一头鹿。

他记得这样的事情发生过很多次了：他拉满弓弦，屏住呼吸，将视线对焦到他想要瞄准的猎物上。他拉满弓弦的手稍稍有些晃动，这次一定万无一失了。但总有一只鹿不知道从哪边窜出来，从他眼前蹦过。他原先的猎物好像心领神会似的用超快的速度消失在他的眼前，他再想要瞄准，已经射不中了。他气愤无比，那些跑掉的猎物都不是因为受了惊跑走的，而是因为那只鹿在通风报信一样。因为这只鹿，它从来都狩猎不到自己的猎物。

每一次的打猎就这样慢慢变成了刻意引诱那只鹿出现，他的弓没以前好使了，太久没打磨的箭头可能连毛皮也穿不透了。它日复一日地出猎，日复一日地去见那头鹿。那头鹿日复一日地出现，日复一日地从他的视线中消失。

猎人一天比一天消瘦，他不是因为自己狩猎失败而感到沮丧。他是觉得这只鹿就这样走进他的生活，令他很不适应。既然每次都出现在我眼前，为什么又不愿意贴近我呢？那只鹿赶跑了本属于他的猎物，他第一次产生一种感觉，世界上最痛苦的感觉。

他觉得自己是这片森林里最寂寞的。

他绝对见过两棵同样的树，他绝对见过花瓣数一样的花朵，他绝对见过成群结对的动物，但是他从来没见过跟他一样的第二个人。你问我，他见过鹿吗？也许在很久以前，在他很小的时候，他见过。但连他自己都想不起来了。

他只感觉寂寞。人时常说，寂寞不可怕，当一个人意识到自己寂寞了之后，是最可怕的。

猎人慢慢地就把自己全部的希望寄托在那只鹿身上了。

终于有一天，他在刻意瞄准一只松鼠的时候，那只鹿又出现了。他已经做好了充足的准备。他只觉得心提到了嗓子眼，但是他不能大口地喘气，他需要屏住呼吸，他需要瞄准。他射出了专门为这次猎鹿而制作的箭，他刻意加重的箭头，为的是给鹿造成致命的伤害。他可能是太急躁了，猎弓的弓弦划过他的手臂，鲜血瞬间从残破的皮肤中渗透了出来，而且这擦伤比一般的割伤要痛得多。但是他此刻无暇顾及自己的手臂，因为他亲眼看见弓箭插进了鹿的身躯，但那头鹿却没有如他预想中那样逃走，然后在某个地方因为失血过多瘫倒在地。

鹿站着不动，怕是比射中之前更要直挺。他看到那支箭射进了它的侧背,但是却没有血渗出。从鹿的眼睛里他看到了什么呢?

愤怒?

怜悯?

悲伤?

其实，他什么也没有看到。他完全被鹿的嘴唇给吸引了，那更像是人的嘴唇，和他自己的倒是有几分相像。可嘴唇安在鹿的脸上，本应该是有些突兀的，可是他怎么看，也看不出有什么奇怪的地方，好像鹿本就应当长这个样子。

他觉得可笑，好像他才是那个长相奇怪的生物，不然这鹿为什么要盯着他看呢。还有，这只鹿为什么没有丝毫的恐惧，明明被射中，却感受不到身体里传来的疼痛吗?

他决定上前一探究竟。

可当他迈了一步，那只鹿就向后退一步。他愈发地好奇了，无论他从哪一个角度，无论他迈的步子轻重快慢，那只鹿好像能预知一样，向后退一步。既然偷偷地接近没有用，那就跑过去，在它的伤口处再砍一刀，看看这鹿到底是怎么一回事。

他捂着隐隐作痛的手臂向鹿奔去，这次，鹿也转身开始奔跑了。鹿用的是跳跃的步伐，甚至不是沿着直线逃窜的，而是在一棵棵树之间穿梭。他怎么也追不上，鹿明明受伤了。他就这么一直跑着，直到……直到他来到一个从没到过的的池塘。碧绿的池塘里，一棵水生植物都没有。那头鹿站在池塘中间，身上原本插着的箭头也不见了。

猎人从没有看过如此碧绿的池塘，风飘过这片池塘好像都变得晶莹剔透。他又一次举起手中的弓箭，迈出重重的步子。当他的脚被水淹没的时候，他突然就明白了。

“他明白了什么？”我着急地大喊。

猎人转过身子，即将离弦的箭不知道瞄向哪里。

“不，不。”那摇晃的箭身分明是瞄准了我。

无声、无息、无影，无踪的箭慢慢向我飘来，我却一动也不能动。我能感受弓箭缓缓地破开我的头皮,然后穿过我的上颅骨。时间停止了一瞬，弓箭就以正常的速度贯穿了我。

我闻到了枯枝败叶埋在泥土里的味道，我好像闻到鹿蹄留下的脚印里散发出了鹿的味道，我闻到了我脑袋里缓缓流出的浓稠的液体的味道。然而，给我感觉最特殊的，还是那片池塘的味道。

我已经倒下了，紧紧地贴着地面。

我知道这个故事还没有结束。

再一睁眼，我看到了酒店的天花板。我下意识地摸了摸我的脑袋，一切如常。除了惊人的出汗量弄湿了我脑后的枕头。我翻过身，没有看到陆莼，被子被压过的痕迹相当明显。这个故事是陆莼给我讲的吗？还是我自己做的梦，那么此刻，陆莼又到哪里去了呢？

"陆莼？陆莼？"我喊了两声，没有人应答。

我站起身，往厕所走去。一站起身，我就感觉头痛得难受，脑袋像是灌了铅一样沉重，而且那种疼痛不是像生病感冒一样，一阵一阵的痛，而是一直就没有停过，像是脑袋被撕裂了一般。我顾不得去思考陆莼到哪儿去了，我现在需要毛巾好好擦一擦我湿漉漉的脑袋，这房间的空调未免有些太冷了，从出风口里吹出来的气堪比水郡零下二十度夜晚的凉气。我冻得直哆嗦，嘴上一直骂着："该死的，该死的。"

这房间一定是有哪里不对劲，从刚刚我醒来的时候，就有不对劲的地方。我先是检查了一下我所在的厕所，昨天晚上冲澡的水有一点没有排干净，用过的毛巾也没有全丢到篓子里，有的就在洗手池旁边散漫地放着。镜子也没什么，只是里面照的人有些憔悴，我像是老了两岁，一定是感冒加上没休息好的缘故，我的精神状态不是很好，所以挂着一张无精打采的脸。

确定了厕所没有什么问题，我推开厕所的门，窗外是一片漆黑。室内温黄的灯光倒是叫人很舒服，但窗外怎么能是一片漆黑呢？这可是芝加哥，不是水郡。我望向窗户外面，写字楼啊，酒店啊如今都漆黑一片，唯一能看清的，就是芝加哥 1871 年火灾幸存的旧水塔，因为白色外壁的缘故，借着月光，倒是能看清楚模样。这城市可能是停电了，如此大规模的断电，一定会引发不少的问题，但为何唯独我这栋楼没有停电呢？我望了望周围，灰色的水泥墙有些阴森森的，我想如果这就是世界末日，那留我一个在如此尴尬的地方又有何用呢？头顶的灯闪烁了几下，我揉了揉眼睛，而我睁开眼睛的瞬间，我就明白了，到底是什么东西不对劲。

那巨大宽敞的落地窗旁边，分明站着一只该死的鹿啊。

这是我第一次离那只鹿这么近，只有几步的距离，我好像又一次伸出手就能摸到它身上的毛发了。

我闭上眼睛，再睁开。闭上眼睛，再睁开。我以为这样做，这头该死的鹿就会消失。它像是在学习我的动作，一对鹿眼不停地眨着，我又感觉回到了水郡的森林，那狡猾的眼神从四面八方涌来，把我包围了。陆莼去哪里了？我现在想要带着她赶快离开。

“滚远点！”我撕心裂肺地冲着鹿嚷。

那鹿的呼吸均匀，始终与我不在一个频率上。它听到这话后，像是叹了一口气，转过身，一个劲地往前冲。它从我身旁冲过的时候，明显是瞄了我一眼的，我又被这突如其来的眼神惊到了。一只鹿，无论如何，也不应该这样看人的吧。这是一只母鹿，头上是没有强有力的鹿角的，但仅仅论体型来说，这鹿比我在动物园见过的要大得多了。我只听到清脆的一声，占据了整个墙面的玻璃就被冲撞得粉碎，漫天的玻璃碴和鹿一起飞了出去。过了十几秒，才听见外面它落地的声音。这么高的楼层，一定是摔了个粉碎。我努力想要记住刚才发生了什么，想要告诉陆莼发生的事情。冰凉刺骨的风吹进了房间里，我这才想起自己仍然是赤身裸体。

我已经紧张得分不清衣服的正反，花了十几分钟，总算把衣服套上了身。强烈的好奇心告诉我，凑近碎掉的窗户边，看看楼下到底发生了什么。我太害怕了,全身上下没有一处不在颤抖的。鞋子踩在玻璃碴上，发出嘎吱嘎吱的声音。窗外的风吹得我身体有些摇曳，我屏住呼吸，向楼下望去。

唯有鹿摔下去的位置是亮的，周围依旧漆黑一片，而那摔在楼下的鹿……也许是隔了太远的距离，躺在那团光亮里的，分明是一丝不挂的陆莼。

我分明是看见一只鹿飞了出去的，可是为什么陆莼躺在那里？我好害怕，我咬住自己的嘴唇，好让我的脸颊不那么颤抖。我浑身无力，下一刻就要瘫倒了。

上帝保佑。陆莼，可不是那只鹿啊。

摸着黑跑到了地面，我看见了那头鹿。我不在乎它是用了什么方法能从那么高的地方降落，我只关心：它和陆莼有什么关系。但是它一看见我，就开始没了命地向前跑去。鹿身上的斑点又一次亮着晶莹的光。我确认四周，并没有看到陆莼，刚刚躺着的她到哪里去了？还是因为过度的紧张使得我出现了幻觉。无论如何，那只鹿是存在的，我只得随着鹿跑去。

它引着我，跑过整条“壮丽一英里”大道。说来可笑，我和一只鹿在最繁华的街道上没了命地奔跑着，但我没看到一个人，一点点声音都没有，没有警笛声，没有红绿灯的信号声。整座城市就像停止了运转，人也不知道跑到哪里去了。“慢一点，等等我。”我在后面声嘶力竭地喊着，那鹿全然不理睬我，飞快地在道路上穿梭。它是这城市里现在唯一会发光的东西了，而它跑过的道路上，总会留下一点荧光的痕迹，那一连串的印着绿色光芒的脚印。它像是刻意控制了速度，总在我的视线里，也拉不开我们之间的距离，但我就是追不上它。

我追着那头鹿来到海军码头，在这里它放慢了脚步。这港口比我想象中要长得多，据说这儿以前是因商业和军事用途建造的码头。我弯下身子，双手撑住膝盖，我竟一口气跑了这么远，这是我以前想都不敢想的，但是为了陆莼，我必须跑，不得不跑。

此时，我又站在哪里呢？

身后是高不可攀的建筑群，身前是一片如同海洋一般望不到边际的湖水。

我跟在鹿身后不急不缓地走着，如今到了码头，它也没有奔跑的意思，想要逃跑的话，必定是要回头的。我想着，如果它回头，我就一把把它扑倒；若是它继续向前走，我也不慌，如此空旷的地方，它还能藏到哪儿去呢？

而正如故事里发生过的熟悉场景，鹿直挺挺地跳入密歇根湖的湖水中。它身上晶莹的斑点散发的光芒好像照亮的湖水，又或者说，那奇异的光芒点燃了密歇根湖的湖水。

我不清楚故事里的猎人是怎么样射出手中的弓箭的，我已经彻彻底底地没有了追逐这头鹿的念头。怜悯、嫉妒、宠爱各种本不该出现的情感慢慢地占据了我的心头。

我从未想过的是：

密歇根的湖水是这么的碧绿。

我已经忘了我为何要追寻鹿的足迹，我已经不想再去追寻消失的陆莼。天，多可爱的一头鹿啊。我真想好好地、好好地抱抱它。脑子里这么想着，身子却快一步行动了。我也跳进密歇根湖，游向漂在湖中的鹿。

湖水尝起来好甜。这一次，我总算是抱紧了这只母鹿。这毛皮的细腻手感是不会错的，一定是我遇到过的那只，一模一样的。它身上丝毫没有任何属于动物的野性气息，那淡淡的、无法形容的味道像极了陆莼。

我只感觉自己无所畏惧，我再也不是这个冷漠的城市里最孤独的人了。我跟着母鹿一起潜入水中，碧绿明亮的湖水让我能看清水下的一切生物，但我不在乎，我只觉得今天是被拯救了的，我只觉得今天是被解放了的。

毛发在水中也分享着自由的喜悦。我没有呼吸困难，甚至，我觉得我根本不需要呼吸。紧接着，我做了自己一生中最重要的决定。

我吻了那只母鹿。

亲吻一只鹿，又有什么大不了的呢？那感觉，和吻陆莼的感觉一模一样的。同样轻而薄，富有弹性的嘴唇。同样小而灵敏，却有些凉的舌头…

这世上的亲吻，本没有束缚。通过嘴唇之间的碰撞决定爱情的程度，是最完美不过的事情了。我一直在下沉，但碧绿的水即使是在水底也看得出颜色。我撞到湖底，只觉得嘴唇好像松开了，那只鹿转过身子不知道游向了什么地方。

最后，还是只剩下我一个人。倦意涌了上来，我沉在这湖底睡着了。

八

那故事到底想讲什么呢？

越游越远的鹿和越睡越沉的人，怎么想，都不会有交集的。

我以为我会一辈子就沉在密歇根湖底了，也许吸收了湖底的养分，我还能变成一条轻快的鱼。我感觉过了好久好久，直到有人想要把我从湖底捞上去。我剧烈地反抗，我想要挣脱那双手，可我还是发现我的身体在慢慢地上浮，被人托着，慢慢浮到了水面。

狼狈的我如同死人一般浮上水面，天刚微微亮。刹那间的工夫，湖水已经不再发出绿色的光芒。我爬上岸，这个时间段的温度很低，冷风吹过，我只感觉头晕目眩，快要瘫倒在路上。现在这个情景，就算找一家洗衣房也不能一丝不挂站在那里等着衣服烘干，服装店也是没有开门的。我走到自动售货机旁，掏出口袋里湿漉漉的钱，想要买瓶汽水喝。那机子好像把湿了的钱不当钱一般，塞进去的钱都被它无情地吐出来。罢了，我把钱铺在平坦的栏杆上，自己坐在石凳上，盼着冷风能把我和钱都吹干。

坐着像是有一个钟头的样子，天色逐渐亮了起来。身上的衣服倒是没有要干的迹象，湿答答地粘在身上。我拿起风干后皱巴巴的钱塞进售货机里，这次倒是可以了，一罐可乐滚了下来。拉开拉环，一股脑灌了下去。这么下去，感冒肯定是要加重了的。我也顾不得那么多，只想着怎么从这里回去。我在海军码头的尽头，望了望昨夜跑过来的路，估算没有半小时是回不去的。

太阳慢慢升起，海鸥也渐渐凑向这里。我算是今天海军码头第一个游客，不怕人的海鸥停在石堤上。借着清晨的阳光，我想走回酒店，好好洗一个热水澡。

我希望当我打开房门时，陆莼就躺在那里。

但是没有。空荡荡的房间，空荡荡的床。没有陆莼，没有碎玻璃，没有呼啸而过的风。我把身上潮湿的衣服脱去，赤裸着坐在床沿。头痛正在折磨着我，我可能是患上精神分裂症。就像前几年死去的那个可笑的经济学教授一样，幻想着身边的人，幻想着发生过的事。

从某种角度来说，我还不如他。如果陆莼是我幻想出来的，至少真正的病人还能做到和自己脑子里的存在的人一直待在一起。可我呢？我只能做愚蠢的梦，然后在死亡、苦痛的边缘徘徊。

我打开相机，翻着这些天的照片。

第一张，是站在街道旁拎着包的我，一脸无可奈何的模样。第二张，同样的位置上，是一座铜鹿的塑像。第三张，云门下，在反射中，我只看到了我一个人的影子。

"他妈的。"

我抓起相机向窗户砸去，我听到相机屏幕碎裂的声音，那巨大的窗户纹丝未动。我只感觉，一张张的相片从相机里飞出来，慢慢飘到窗外去了。每飘出去一张，那清晰的陆莼的脸庞就黯淡一块。几十张的工夫，连她的侧脸都看不清了。

我冲出去抱起相机，想要挽救飞出去的相片。

我无论做什么都是无济于事的。我抱着头痛哭，一直在哭。我哭得没有声息，而我的喉咙却哑了。我哭得没有掉一滴眼泪，可我的床单却被泪水沾湿。一页一页不知道飞向何方的照片，怎么捞也捞不回来。我感觉，所有的美好的不可侵犯的事物，就这么从我的指尖慢慢地划过了。

我连名字都想不起来了。

我的脑海中，只有一个嘴唇。

是鹿的嘴唇，还是人的嘴唇？

是人的嘴唇，还是鹿的嘴唇。

我留下一封信：

致所有我不爱的人

我从未想过自己会变成如今这个样子，我也从未体验过失去的滋味。我从湖里爬出来的一刻就在思考，如果我真的患上了幻想症，像约翰·纳什一般的话，我会像他一样走出自己的梦境吗？有人说，天堂就是上帝给人类创造的最美好的梦境，这梦让你不惧面对死亡。我一直在思考，我一直在思考。

我记得在我还小的时候，就有人教过我，人与人之间的矛盾，没有什么是通过沟通解决不了的。此刻，我在努力思考怎样解决我的矛盾。我突然觉得自己的想法可笑，因为若是这些都是我一人凭空想象出来的矛盾，我根本就无法解决。若是一个人自己绕进了自己设置的圈套，跟自己沟通，又有什么作用呢？

我也许就是一个精神病吧，自己悄悄地在脑海中造了一座软绵绵的疯人院，然后把自己关在里面，就像是联邦监狱里对待在监狱中仍然犯错误的犯人一样，把它们丢进一个墙壁用橡胶包裹着的房间，房间里只有一个供你大小便的排放口，剩下的只有你自己一个人。我现在的状态和这也没什么两样，想要一头撞死，却连处决自己都难上加难。

我啊，虽然没谈过几次恋爱，但这么多年也听说过不少的事情。人们总是喜欢因为现实的原因放弃曾经珍惜了很久的爱情。你敢说你没有做过和自己曾经的情人成家立业的梦吗？你敢说没有想过在某一刻和你的情人紧紧地贴在一起不再分开吗？你啊，若是抛下了当初心中的一切执念，如今的你，还算是个完整的人吗？我这几天，这样想着，活在哪里，都是一样的活，但心中想要去追求的快乐却是截然不同的。有人说，现实里面，我们是以填空的形式出现在对方世界里的。我是全然不同意这个观点的。爱情应该是一道选择题吧，重要的不是你选了哪一个答案，而是你在A到B或者B到C之间连的一根线。

给你一个机会去跟你爱的人表达，我爱你，你会怎么说？

你也许会说：我爱你，不是因为你爱我，而是因为你是你。

而我会说：我爱你，因为我和你在一起的时候，我是我。

有人会为了自己所爱的人走出梦境，而我自己爱的人就在梦境之中。我不管她是一只鹿，还是一个人。是一朵花，还是一阵风。你可以把我称作逃避现实的胆小鬼，但我知道，在某一处，在某一处一定有我还记得的嘴唇。一只鹿的嘴唇，一个人的嘴唇。我现在想做的事情，就是毫无保留地和那嘴唇接吻。

我怕是太固执了，但我这些天仔细想了想，自己确实没有什么挂念。与其一生活在困境和烦恼中，不如鼓起勇气去一探究竟。

这是《旧约·创世纪》中我最喜欢的一段《圣经》文字，在这里送上，也表达我对我自己的美好祝愿："Then I saw a new heaven and a new earth, for the first heaven and the first earth had passed away, and the sea was no more."(Revelation 21:1)我相信，当我找到那对嘴唇的时候，我爱的一切就都回来了。

归途与去程，有什么区别呢？

我提前回到了水郡，我想趁着下雪之前，把我应该完成的事情做完。感恩节期间，学校基本上见不到一个人，我静悄悄地回到了宿舍，把写的信留在了桌子上。

瑞克福瑞河最终汇向密歇根湖，也算是一种缘分吧。天气很冷，河水上没有波纹，像是不流动了一般。往常能见到的绿头野鸭一只也看不到了。我从桥上的阶梯走到沿湖的小路，顺着河水的流向一直往下游走。此时此刻的心情，要是能喝点酒就再好不过了。两手空空的我坐在岸边的观景台里，天还没黑，我在等待时机。

六点整，教堂准时开始鸣钟。我向上帝忏悔，我早已经是有罪之人，也注定不能像耶稣那样奉献自己的生命去拯救全天下的人。我向上帝祈祷，希望能让我能在气息奄奄之时，将我心中的疑惑化为乌有。

我踏入水中，冰冷刺骨的河水很快就先涌进我的鞋子，然后源源不断地由我的裤脚涌入。我全身开始颤抖,口中不停地哆嗦，鼻子也开始止不住地流下鼻涕。河水漫过我的腰身，我只感觉下半身已没了直觉，虽说如此，但我仍感觉在水里的步伐艰难，像是有什么东西缠着我似的。岸边的树上，可能站着猫头鹰一类的鸟，眼睛发出诡异的光。它一见到我投射来的目光，就拍拍翅膀飞走了。

还没有结束。我向河中心走去，这时用“走”形容已经不太确切了，我整个人应当是漂浮着过去的。我的大半个身子已经在湖水里面了，远方像是传来了风笛一样的乐音，也许是我已经产生了错觉。这时候，说什么我也要继续走下去。

下水之后，我一直感觉身边好像有什么人似的，而且这个人一定是和我一样的焦躁不安。我用手在水中拼命地划着，好让自己转个方向，看看四周的景物。我每划动一下，这湖水的颜色就更绿一分。当我在水中扑腾了一圈之后，整片湖都变得似曾相识了，只不过由宁静的池塘变成缓缓流过的河。

温度过低的河水开始让我的四肢不那么好使了，头也开始痛了。不争气的左腿开始抽筋了,我忍着剧痛想要在水中调整姿势，把腿掰到不那么痛的角度。这一系列的动作彻底耗费了我所有的精力，前方河道的水流变得急促，我像是被抛出去一样，在水里旋转、扭曲。

河水灌进了我的肺，有一刹那，我觉得我甚至适应了隔绝氧气的水下。紧接着，肺部就传来剧痛。意外溺水而亡怕是世界上最痛苦的死法之一，你能做的只有痛苦地等待自己彻底断气的一刻。但是我不一样,我需要一个契机,而且我知道我一定会成功。

人在濒死边缘，总能看到一些什么。或者说，因为意识和肉体分离的痛感，能够让人产生各种奇妙的幻觉。明知自己已经不能呼吸，和死尸没什么两样了。水流把我卡在了一块石头上，黑色坚硬的石头突兀地横在水流里。

鹿蹄踏过落叶发出沙沙的声音，它离我越来越近。我的瞳孔在渐渐放大，眼前的景象越来越模糊了。隐约地我瞥见那只鹿前膝慢慢弯曲，跪伏着在我身上嗅了嗅。就是那只鹿，没错的，就是那只我在湖里吻过的鹿。我甚至能闻到它身上只属于这只鹿的那淡淡的体香味道，这味道还混杂着什么。冰冷的水流从鼻子边冲过时淡淡的水腥味，岸边慢慢分解的树叶的霉味，还有枯了许久的树干散发出苦痛的腐败气味。所有这些气味，都刚刚好衬托出鹿身上的气味，它就是独一无二、世界上仅有一只的、我最爱的鹿。我好想伸出手拂过那柔顺的毛皮，也想轻轻触碰那小得可爱的尾巴，可我的手臂连一点感觉都没有了，整个上肢除了头和脖子，怕是只有右手小拇指偶尔抽动一下，报告着它还存在。我最想最想的，就是好好看清它，看清它的嘴唇。但我的眼前模糊不清，只有它模模糊糊的影子。

我是连陆莼的脸都想不起来的废人了，如今连这只鹿也看不清。昏暗的影子变了个方向，我就感觉又一个熟悉的影子出现在了我的面前。那影子一定是陆莼。这么说来，鹿既是鹿，也是陆莼。

而他们是共用一个唇的？

不，不。世界上没有这样的事情存在，我啊，一定是还没有想通。

我如今是什么都做不了了。

它“呦呦”发出两声鸣叫，嘴里又发出嘶叫的声音，想必此时的它也是相当痛苦的。它跪伏在我身旁，用舌头舔了舔我的脸颊。我还是能感觉到阵阵瘙痒从脸部传来，却是想要挠一挠的力气都没有了。生命好像已经燃烧到了尽头，那些成天叫嚣着自己不惧怕死亡的人，换作他们来到我的位置，怕是一定会吓得痛哭流涕吧。

我在流眼泪吗？我又在为谁流泪呢？我放弃抵抗了，那鹿也站起身子，头也不回地慢慢往远方离去了。

你问我那个猎人最后怎么样了？

他也许是老死的，也许是饿死的，也许是高估自己的实力被猎物拍死在掌下的，也许一场大火把他烧成了灰，也许生了无法医治的重病，也许死在了自己的手上……他也许有千万种死法，但他最后肯定是死了。但在千百万的死法中，总有一只鹿。总有一只鹿会出现在他的一段人生中，令他苦恼，令他烦躁，令他郁郁不得志，令他生不如死。

这就是他命中注定的结局，哪怕他放下手中的弓箭不做猎人了，也终会在某个时段，能看见一只美极了的鹿。这鹿又是什么呢？漂浮不定的人生中，鹿是你身边的天使。它是审判，也是拯救。它是守护，也是放逐。

风的吹向会左右湖的波纹，唇的咬合预示爱的深浅。千万道风终究要吹过这湖，千万个人终究要吻上那唇。我只知道，人生是吹过的风，唇是不渝的爱，鹿是不变的湖。

鹿转身的瞬间，我就一切都懂了。我可能永远也抱不紧陆莼了，可能永远也吻不上她的嘴唇，但总有一个我，总有一个我能抱紧陆莼，然后用力地吻上那鲜嫩的唇。在鹿的湖畔，千万道缥缈不定、饱受折磨的风汇集于此。而它只靠着薄薄的两片嘴唇就安抚了所有焦躁不安的心。此时，我的怀中有没有陆莼，已经是没有意义的事情了。因为我的怀里总会有陆莼，我的怀里总不会有陆莼。有一个我也许会在机场抱怨着延误了十三个小时的飞机，却还是因为即将要见到陆莼而心怀喜悦；我可能尝着清爽的苦苣沙拉，然后舒服地躺在沙发上收到陆莼的短信；我可能在哪里喝着自己喝了多年的酒，然后不解地阅读自己写下的信。

还有一个我，在鹿的湖畔，呼出自己最后一口气。

最后一口气，最后一个吻。

深情地吻着陆莼，身在碧绿的水中。

九

一杯清凉的莫吉托摆上了桌，满满的一杯里，有三分之二的空间被才从制冰机器里取出的冰块填满。薄薄的杯壁上，厚厚的一层水雾，清晰可见服务员端着它的手印。

我恍恍惚惚地醒来，与其说恍惚，不如说自己是眨了眨眼想起来一些事情，一下有些接受不了，头脑有些晕罢了。我看着那杯莫吉托，绿绿的叶子插在酒里，应该是自家在花盆里种的，鲜嫩的模样应该是刚刚掐下来的。

我有些冒冷汗，信里提起的事情，我还是不太记得，但我隐隐约约记起来，自己跳入了瑞克福瑞河中，但这应该也是一段时间前的事情了。其实不管我是曾经“死过”现在失了忆，还是得了幻想症干脆只是在河里游了泳，都不是我现在关心的问题。

陆莼今天倒是说了一句听起来很可爱的话：

“疯子之所以开心，就是因为他不知道自己是个疯子。”

我要是个疯子，一定也是相当聪明的、善于给自己找乐子的疯子。不说别的，如果陆莼单单是我想象出来的，怕是有很多人也想疯掉吧。我是什么也想不起来，什么也记不起来了。我看着陆莼，她剪掉了留长的头发，现在的长度正好齐着自己的肩膀，在我看来刚刚好。短发的女孩子，有时候看起来，比长发飘飘的那些女孩，更有亲和力。我不说单纯地钟爱某一种类型的姑娘，只是陆莼这样，恰恰敲动我的心门，所以我会觉得她的一切都刚刚好。

我一直闷头喝酒，也不知道说些什么，这么多年，虽然见面时间不长，两个人的默契倒是培养得很好。我注意到她耳朵上叶子形状的耳环，细长的黑色叶子外面镶着金属。

“我可从没见你戴过耳环。”

她甩甩头，用手拨开耳朵旁边的头发，凑近了好让我看个清楚。

“好看吧。喜欢么？前些天买的，真的很喜欢，不然也不会戴出来了。毕竟夏天戴耳环出门，还是有些繁琐的。”

“我是挺喜欢的。你知道……现在啊，我特别想要一幅画。”

“想要一幅画？我的画？”

“不不，就像电影《香草天空》里，莫奈的那一幅《香草天空》。”

“啊啊，我知道那电影，我看过，也不记得什么时候了。但那个奶油色的天空很漂亮，我一直有很深的印象。”

“所以，我一直想要一幅画。”

“人家最后还是跳下高楼，选择回到现实生活。你能，天天跟做梦一样，晕晕乎乎的，不知道自己要什么。这么大的人，喝着鸡尾酒，都感觉你快醉了。有的时候，看着你，就觉得你是个男孩。不过呢……你这个样子，我倒是很喜欢。”

“我才不要分清什么梦境和现实呢。面对抉择，谁也不愿意留在自己的梦境里。”

“你呢？”

“我跟其他人都不一样的。要是我，我宁愿选择那片香草的天空，什么现实啊，什么时间啊，都是狗屁。我要的就是爱情。懂么？爱情。”

陆莼摇摇头，我是弄不懂你。

“你也不需要弄懂。你只要记住，我喜欢你就行了。”

谈着谈着，外面的天渐渐就暗了下来。明明是夏天，天还是黑得这么快，我也是有点搞不懂这个城市的心情了。酒吧渐渐热闹了起来，处处都是摇骰子、碰杯子的声音。我知道这里已经不太适合我们聊天了，我要去找一个更安静、没人打扰的地方。

她一定也是这么想的。

我两口饮尽杯中余下的酒，拉着陆莼走出了酒吧。没什么别的目的地，就是家门口那片湖。

蝉鸣叫得厉害，吵得我有些郁闷。夏天的室外，果然不适合散步。最近流行说：夏天的恋爱是空气里散发的酸臭味。其实愿意夏天出来散步的情侣，也没几个。

“你最喜欢电影里的哪一句话？”

“等我们来世都变成猫的时候再相见？”

“是，我也喜欢这句。不过，我也不想等你变成猫了。我要现在，好好地抱住你，全凭你自己选择，要不要从我怀里离开。”

有人做了一百五十年的梦，才醒来，发现自己爱的人早已经不在了。我啊，做了不知道多久的梦，连自己最爱的人到底是什么都分不清。但我一点也不着急，因为我的梦才刚刚开始，留给我们的时间还多。即使我已到这，也不愿意看我身旁的湖，也许湖面浮着点点星光的倒影，也许它又变成碧绿的一片。

等我们来世都变成猫的时候再见？

等我们今生都变成鹿的时候再分别吧。

接吻。

亲上她的鹿唇。

二〇一六年夏天，芝加哥—南京